FOLIO POLICIER

Donald E. Westlake

L'assassin de papa

Traduit de l'anglais
par Michel Peyran

Gallimard

Titre original :

361

Donald E. Westlake est né en 1933 à Brooklyn. Il est rédacteur dans une agence littéraire, puis décide, en 1958, de devenir écrivain professionnel. Son humour apparemment échevelé est, en réalité, maîtrisé par une folie parfaitement logique et contrôlée.

CHAPITRE PREMIER

L'avion m'avait déposé à Maguire, et j'avais eu tout juste le temps d'expédier un télégramme à mon père avant d'être enfourné dans un car de l'armée de l'Air avec les copains. Deux jours plus tard, j'avais récupéré mes fringues civiles et je me dirigeais vers la grille du camp, une valise à chaque main.

J'étais complètement dans le cirage. A vingt-trois ans, je me retrouvais avec deux valises pleines de saloperies ramenées d'Allemagne et pas le moindre projet d'avenir. Pour le moral, il y a mieux !

Je franchis la grille de la base de Manhattan, sans que les sentinelles aient daigné m'accorder un regard, montai dans un autobus qui attendait là et demandai au chauffeur de me déposer à la première station de métro.

On était un mardi après-midi, vers la mi-juillet, et il faisait une chaleur torride. La route goudronnée semblait prête à se liquéfier.

Au bout d'un moment, le chauffeur replia son journal, démarra et décrivit un demi-tour sur la petite place. Quand il tournait son volant, j'apercevais de larges taches noires de sueur qui auréolaient sa chemise grise, sous les aisselles. Quand il eut fini sa manœuvre et démarra dans la brume de chaleur qui miroitait au-dessus de la route, une petite brise pénétra dans le car par le déflecteur ouvert à hauteur de son coude.

Au bout d'un moment, il stoppa.

— Voilà ta station, me dit-il en me montrant l'escalier du métro aérien.

Je le remerciai et descendis mes valises.

— Bonne chance, troufion ! cria-t-il avant de repartir.

Je lui répondis par un vague sourire, mais au fond, je lui en voulais. Merde, alors ! Je n'étais pas un troufion. Mais, en fait, qu'est-ce que j'étais ? Même plus un aviateur. J'avais failli l'oublier.

Il m'avait déposé à la station de Brighton Beach. Coney Island se trouvait à ma gauche, trois stations plus loin, tout en bout de ligne. Manhattan était aux cinq cents diables, dans la direction opposée. Le temps d'escalader les marches avec mes valises et je me sentais déjà crevé !

Nous franchîmes le pont de Manhattan. Les autos et les camions qui filaient à côté de nous dans les deux sens me donnaient le vertige. Puis la rame s'enfonça sous terre. Je pris dans ma poche le bout de papier où j'avais inscrit l'adresse que m'avait donnée la femme de Bill. J'avais pensé que Bill viendrait m'attendre à New York, mais quand j'avais téléphoné chez lui, la veille, pour confirmer mon arrivée, sa femme m'avait dit qu'il était obligé de se rendre à Plattsburg pour une vente de camions à je ne sais quelle compagnie de transports et que papa viendrait m'attendre à sa place. Elle m'avait donné l'adresse de l'hôtel où il devait descendre.

Ça m'avait fait un drôle d'effet de téléphoner à ma belle-sœur, car je ne l'avais jamais vue. Bill avait fait sa connaissance six mois après mon départ pour l'Allemagne et il l'avait épousée huit mois plus tard. Cela faisait maintenant près de deux ans qu'ils étaient mariés, et je ne la connaissais pas encore.

C'est bougrement long, trois ans ! Jamais je n'en avais eu pareillement conscience.

Ma belle-sœur s'appelait Ann.

Mon papier précisait que l'hôtel était situé à l'angle de Lexington Avenue et de la Cinquante-deuxième Rue Est. Le Weatherton.

Je descendis à la seconde station après le pont. J'errai quelque temps dans les couloirs, mes valises à la main, en regardant les pancartes et en me heurtant aux passants. Puis, trouvant enfin une flèche qui indiquait la sortie, je la suivis. « Assez de privations ! » pensai-je. Une fois dans la rue, sous le chaud soleil de juillet, je fis signe à un taxi.

— Au coin de Lexington Avenue et de la Cinquante-deuxième Rue, dis-je au chauffeur.

Quand il stoppa devant l'hôtel, le compteur marquait soixante-quinze *cents.* Je donnai un dollar au chauffeur et un chasseur me prit mes valises. Un portier en uniforme vert et or faisait le poireau sous une marquise en toile verte.

Je dis au réceptionniste que mon père, M. Willard Kelly, m'attendait. Deux autres chasseurs et un demi-dollar plus tard, je me trouvai devant la porte de sa chambre.

— Je vais frapper moi-même, dis-je au second chasseur.

— Comme vous voudrez, dit-il en empochant ses vingt-cinq *cents* avant de s'éclipser.

Je frappai à la porte et papa vint m'ouvrir, un large sourire aux lèvres.

— C'est toi, Ray ! Vieux brigand, va !

Je lui souris à mon tour, si longtemps et si fort que j'en eus mal aux joues. J'entrai dans la chambre avec mes deux valises. Il m'envoya une grande bourrade affectueuse dans l'épaule.

— Tu nous avais écris que tu allais passer sergent-chef. Qu'est-ce qui t'est donc arrivé ? Tu t'es fait recaler à ton examen ?

En fait, je n'avais réussi qu'à me faire nommer pilote de première classe, avec le minimum d'ancienneté à chaque échelon. J'aurais eu le temps de passer sergent-chef avant ma libération, mais j'avais clairement exprimé mon intention de ne pas rempiler, et l'armée juge d'ordinaire inutile de gaspiller un galon en faveur d'un homme qui s'apprête à la quitter.

— J'ai préféré passer civil, dis-je.

— Sacré Ray ! Tu as bonne mine, tu sais. Et tu as encore grandi, ma parole !

— Je ne crois pas. Je me suis peut-être un peu élargi...

— Bon Dieu, c'est vrai ! Quelles épaules il a, ce gamin ! Attends d'avoir vu Betsy : elle a déjà cinq mois. (Il sourit de nouveau.) Quel effet ça te fait de savoir que tu as une nièce ?

— Je ne me rends pas encore bien compte. J'ai parlé à Ann au téléphone, hier. Elle a l'air sympa.

— C'est une fille bien. Bill s'est rangé depuis son mariage ; elle a une excellente influence sur lui.

Il secoua la tête avec un clin d'œil et revint me serrer dans ses bras, en me tapotant la nuque.

— Je suis bougrement content, tu sais, petit, dit-il d'une voix qui se brisait.

Depuis un moment, je m'efforçais de me retenir, mais, brusquement, je flanchai et nous nous mîmes à chialer tous les deux comme deux gonzesses, en nous envoyant de grandes bourrades pour bien affirmer notre virilité.

Bientôt, l'envie me prit d'aller déjeuner et boire un demi, mais papa ne parut pas enthousiasmé par ma proposition. Il répugnait visiblement à quitter sa chambre. Comme il avait bonne mine, je pensai que la route et la canicule avaient dû le fatiguer. Dehors, il faisait une chaleur à couper au couteau, mais dans notre chambre, l'air était conditionné.

Nous allâmes quand même manger un morceau quelque part. Ensuite papa insista pour rentrer directement à l'hôtel. J'aurais préféré me balader un peu pour visiter la ville mais, comme ça faisait trois ans qu'on ne s'était pas vu, je rentrai avec lui. En chemin, je ne cessais de regarder autour de moi. J'étais né à New York, mais mes parents avaient déménagé alors que je n'avais pas encore un an et je n'en avais gardé aucun souvenir, pas plus d'ailleurs que de maman qui était morte quand j'avais deux ans.

Nous passâmes tout l'après-midi dans notre chambre, en tricot de corps, l'appareil de conditionnement d'air ouvert en grand. Je m'étais allongé sur un des lits jumeaux, la tête bien calée par deux oreillers. Papa, lui, faisait les cent pas dans la chambre, en déplaçant sans arrêt les cendriers, les verres et les annuaires de téléphone. Jamais je ne l'avais vu si nerveux.

A part cela, il n'avait pas changé, et je retrouvais après trois ans le même grand gaillard aux cheveux roux tirant sur le gris que j'avais quitté trois ans auparavant, avec un début de brioche et des lunettes à verres ronds et à monture de plastique.

Nous passâmes tout l'après-midi à bavarder. Je me remettais peu à peu au courant : Bill, mon frère aîné, avait maintenant vingt-six ans. Il avait une femme, un bébé et il gagnait sa vie en vendant des camions. On lui avait rendu son permis de conduire depuis plus d'un an. L'oncle Henry n'avait pas changé. D'ailleurs, rien n'avait changé...

Après dîner, papa voulut regagner directement notre chambre, déclarant qu'il tenait à prendre une bonne nuit de sommeil avant le trajet qui nous attendait le lendemain.

— Ecoute, papa, protestai-je, il n'est encore que sept heures et demie ! Je n'aurai peut-être pas l'occasion de revoir New York avant longtemps. Je te promets qu'on rentrera avant minuit.

Il haussa les épaules.

— Bon, dit-il, comme tu voudras.

Nous visitâmes Times Square et quelques autres endroits, mais je fus déçu. Je trouvais que New York ressemblait à Binghamton, en plus grand, voilà tout ; comme une petite photo qu'on regarde dans un agrandisseur et qui révèle le grain de la pellicule et les défauts de la photo.

A minuit nous étions rentrés, et le lendemain matin à neuf heures, nous avions réglé notre note. Les œufs de mon petit déjeuner avaient du mal à passer et leur arrière-goût donnait une saveur désagréable à mes cigarettes.

On nous sortit la voiture du garage. C'était une Oldsmobile. Papa était resté fidèle à sa marque préférée. Mais je ne connaissais pas encore cette dernière acquisition, un modèle de l'année précédente, à carrosserie noire. Quand j'étais parti pour l'Allemagne, papa avait une voiture deux tons, bleu pastel et indigo.

On chargea nos valises dans le coffre et papa distribua les pourboires. Nous montâmes en voiture et démarrâmes en direction de l'Ouest, en coupant la ville par la Cinquante-troisième Rue.

Je voulus baisser la vitre, mais papa m'arrêta.

— Pas la peine. Tiens, regarde...

Il appuya sur un des boutons du tableau de bord et j'entendis un léger bourdonnement. Une petite brise glacée vint me caresser le front : elle sortait d'un évent placé juste au-dessus de la portière.

— C'est de l'air conditionné, m'expliqua papa. Ça coûte trois cents dollars de supplément, mais ça les vaut bien. L'air de la voiture est entièrement renouvelé en une minute.

— Ça rapporte, le barreau, on dirait ! remarquai-je.

— J'ai eu quelques grosses affaires ces derniers temps, dit-il.

Il me tapota un genou en souriant et je lui souris à mon tour. C'était bon d'être de retour au pays, de se retrouver avec son père, d'être enfin un civil. Oui, la vie était belle...

Nous prîmes l'autoroute Henry Hudson, et traversâmes le pont Washington, au niveau inférieur.

— On vient de le terminer, me dit papa.

— Quoi ? Le deuxième pont ? C'est épatant.

Nous rejoignîmes la nationale 17, par la nationale 9, pour filer vers Binghamton.

A soixante-dix kilomètres de New York, alors que nous avions la route pour nous tout seuls, une Chrysler deux tons blanc et caramel s'amena à notre hauteur. Par la vitre baissée, une main qui tenait un revolver se mit à tirer...

Papa me regarda avec de grands yeux terrifiés. Il ouvrit la bouche et balbutia « Cap... » d'une drôle de voix aiguë. Un jet de sang jaillit de sa bouche, comme une vomissure écarlate...

Les yeux toujours grands ouverts, il tomba sur moi au moment où notre voiture quittait la chaussée pour aller percuter le parapet d'un pont...

CHAPITRE II

Je me souviens fort bien d'avoir été retiré de la voiture. Le docteur m'a soutenu par la suite que c'était impossible et que j'étais le jouet de mon imagination, mais je suis sûr du contraire. Je me rappelle aussi un type qui disait : « Oh ! dis donc ! T'as vu sa guibolle ! »

Après ça, il y eut une longue période de grisaille. Puis je me suis rendu compte à un certain moment que je me trouvais dans un lit d'hôpital, et que je m'en foutais éperdument. Frôlements d'infirmières amidonnées, cliquetis de verres, craquements de papier, tout cela se passait très loin de moi, dans un autre univers. Des gens allaient et venaient autour de moi, mais ce n'étaient que des ombres blanches sur fond blanc.

Plus tard, je me rendis compte que mon œil droit n'y voyait plus. Toutes ces stratifications d'un blanc duveteux que j'apercevais se trouvaient sur un même plan, parce que je n'avais plus la notion de la profondeur. Si je fermais l'œil gauche, tout disparaissait.

Je voulus appeler, mais le résultat fut affreux. Après quelques frôlements précipités, une boule de chair munie de deux yeux se pencha sur moi.

— Alors, nous voilà enfin réveillé ? dit une voix de femme.

Je ne répondis rien. J'avais peur d'émettre une deuxième fois ce bruit horrible. Je clignai simplement l'œil gauche. J'avais ordonné à mon œil droit de cligner aussi, mais le message avait dû se perdre en route ! De ce côté-là de mon front, je ne sentais absolument rien.

La boule rose disparut, pour revenir peu après accompagnée d'un médecin. Je me sentais un peu mieux. Chaque fois que je clignais des yeux, mon œil gauche fonctionnait à peu près. J'arrivais à distinguer le mur et le tube de fer qui formait le pied de mon lit, et, plus haut, l'angle droit que dessinait l'encadrement de la porte.

Je levai lentement la main, pour tâter mon œil droit, mais le médecin la remit aussitôt sous le drap.

— Allons, allons, dit-il, pas de ça. Ne faites pas d'efforts inutiles.

— Mon... mon œil, bafouillai-je. Je ne vois rien.

— Chaque chose en son temps, dit-il. Comment vous sentez-vous ?

— Mon œil, insistai-je. Il voit ?

— Nous n'en savons encore rien. Souffrez-vous ?

Oui, je souffrais. Je ne m'en étais pas encore aperçu, mais j'en pris brusquement conscience. Mes jambes me faisaient affreusement mal. Ça prenait très bas, vers les chevilles et ça remontait jusqu'au-dessus du genou. Et dans le côté droit de ma tête je sentais battre une douleur sourde, pareille à des vagues sur une plage.

— On va vous donner quelque chose, promit le docteur.

Il dut me faire une piqûre, car je me rendormis...

Chaque fois que je m'éveillais, je me sentais un peu mieux. Je me réveillai et me rendormis au moins cinq ou six fois. Et puis, beaucoup plus tard, Bill entra. On me défendit de m'asseoir, et j'avais l'impression d'être redevenu un gamin, allongé ainsi devant mon grand frère qui me souriait, debout au pied de mon lit.

— Tu vois, Ray, dit-il, on est costaud dans la famille !

— Et papa ? demandai-je.

Son sourire s'effaça. Il secoua la tête.

— Tué net.

Je le savais déjà. Je le revoyais tombant sur moi comme un mannequin, les yeux vitreux. Il était déjà mort avant même que la voiture quitte la route.

— Ça fait combien de temps que je suis ici ?

— Plus d'un mois, mon petit vieux. Ça va faire cinq semaines demain, exactement.

— Alors, on est en août ?

— Tout juste. Mardi 16 août. (Son sourire était réapparu, mais plus forcé.) Tu en as vu de drôles, bonhomme ! Ils ne savaient pas si tu t'en tirerais.

— Ecoute, lui dis-je, ils ne veulent rien me dire. C'est mon œil qui m'inquiète... le droit... Ils ont collé des pansements dessus.

Il s'éloigna vers le fond de la chambre, alla prendre un fauteuil à dos vert qu'il rapprocha du lit pour venir s'asseoir à côté de moi. Nos deux têtes se trouvaient ainsi à peu près au même niveau. Peu à peu, j'arrivais à reconstituer la perspective avec mon seul œil gauche. Deux ou trois jours plus tôt, j'aurais seulement vu Bill diminuer puis grandir à nouveau, tandis que maintenant j'avais la notion de la distance.

Bill avait changé en trois ans ! Ses cheveux roux étaient plus touffus, son visage plus pâle, ses taches de rousseur moins apparentes, ses joues plus pleines. Il avait l'air plus dur et plus pondéré. Plus sûr de lui, aussi.

— On m'a permis de te répondre si tu me posais la question. A condition que je t'estime capable de tenir le coup.

— Mon œil est foutu ?

Il hocha affirmativement la tête.

— Ta tête a traversé le pare-brise. C'est un éclat de verre qui...

— Bon Dieu !

Atterré, je ruminai cette nouvelle. Ainsi j'avais perdu un œil. Définitivement... Jamais, jamais plus je ne retrouverai l'usage de cet œil...

Et jusqu'à ma mort, je ne verrais plus le monde sous sa vraie perspective.

Evidemment, j'aurais pu perdre les deux yeux... J'aurais même pu y laisser ma peau. Au lieu de ça, je vivais et j'y voyais encore. Quelle gueule pouvais-je avoir maintenant ?

Je le demandai à Bill.

— En ce moment, tu ressembles à un croupion de volaille plumée, mais ça s'améliore tous les jours. Le toubib dit qu'il ne te restera pas de cicatrices. Et j'ai déjà déniché un fabricant d'yeux de verre. Il t'en fera un sur mesure dès que le toubib sera d'accord.

— Bon Dieu ! Et mes pieds ? Je les ai toujours ? Ils me font un mal de chien.

Je savais qu'on peut avoir l'impression de souffrir des pieds même après qu'on vous a coupé les jambes. Mais je les avais repérés sous les couvertures, au bout de mon lit.

— Tu as eu les chevilles brisées, m'expliqua Bill. Tes jambes ont été coincées entre la voiture et le parapet du pont. Il a fallu te faire des greffes osseuses.

— Et je pourrai marcher ?

— Bien sûr, affirma-t-il avec un sourire taquin. Tu pourras même rejouer du piano — avec tes pieds, comme toujours !

Je lui demandai alors une cigarette. Il ne voulut pas m'en donner, mais le flic en civil qui passa me voir dans la soirée fut moins scrupuleux. Il s'appelait Kirk, il appartenait à la Brigade Criminelle de la police d'Etat. Il me fit raconter toute mon histoire, ce qui ne fut pas long : je n'avais reconnu aucun des deux hommes de la Chrysler, je ne savais pas ce que voulait dire le mot « Cap » que mon père avait balbutié juste avant de mourir et j'ignorais quelles raisons deux inconnus avaient pu avoir de l'assassiner.

Sitôt le flic parti, Miss Benson, la plus maigre des deux infirmières, m'ôta la cigarette des lèvres.

Bill passa me voir chaque jour, pendant à peu près une semaine. Un beau jour, je ne le vis pas. J'interrogeai Miss Benson.

— Il a été obligé de retourner à Binghamton, m'expliqua-t-elle.

— Pourquoi, ça ?

Elle se montra d'abord évasive, mais comme j'insistais, elle finit par me répondre, sans oser me regarder en face.

— Je suis désolée, monsieur Kelly… Votre belle-sœur a été renversée par une voiture. Elle est morte…

— Oh ! dis-je. Je ne l'aurai même pas connue…

CHAPITRE III

Lorsque je sortis de l'hôpital à la fin du mois, j'avais deux yeux, dont un en parfait état de marche. Il me permit de voir un type descendre d'une Plymouth arrêtée de l'autre côté de la rue, et s'avancer vers moi. Je ralentis le pas. Je me sentais nu comme un ver tout à coup. Je n'avais pas oublié le type qui avait passé une main par la fenêtre d'une Chrysler — une main qui tenait un revolver...

Mais ce type-là ne lui ressemblait pas. Il était mince et de taille moyenne. Il avait dû maigrir depuis peu et apparemment n'avait pas eu les moyens de renouveler sa garde-robe. Son veston trop large flottait bizarrement sur ses épaules, comme pour suivre une mode déjà délaissée avant d'avoir vraiment pris. Sous ses cheveux blond cendré, son crâne devait être jaunâtre. Tout était pointu chez lui : le nez, le menton, le regard et les pommettes, mais derrière cette façade on sentait affleurer une pulpe molle.

Il se planta devant moi, en regardant la cravate que Miss Benson avait choisie pour moi. Elle avait dû m'acheter quelques affaires, car mes deux valises avaient brûlé dans la voiture. Je lui avais donné de l'argent pour cela, prélevé sur ce que Bill m'avait envoyé.

Le type voulait me parler, mais il semblait en même temps craindre de se faire remarquer.

— Ça va, dis-je en l'esquivant et en traversant la rue pour aller jusqu'à la Plymouth.

J'aurais normalement dû avoir peur de lui, mais c'était lui qui avait la trouille. Il me suivit en trottinant, car ses jambes étaient plus courtes que les miennes. Je l'entendais s'essouffler derrière moi.

Je fis le tour de la Plymouth et y montai par la portière de droite. Il se glissa au volant à côté de moi, l'air plus inquiet que jamais, et sortit de sa poche un paquet de Philipp Morris. Je lui pris le paquet pour me servir à mon tour et nous allumâmes nos cigarettes dans un silence pesant. On sentait qu'il s'efforçait de se garder de tous les côtés à la fois.

— J'avais une dette envers ton dab, dit-il soudain d'une voix saccadée. C'est pour ça que je suis ici.

— Quel genre de dette ?

— Oh ! ça remonte loin, et ça n'a plus d'importance maintenant. Ce qui compte, c'est que tu es son fils. Je voulais seulement te dire que tu devrais te tailler. Change de nom et disparais de la circulation. Va t'installer dans l'Ouest par exemple. Mais va surtout pas à New York !

— Pourquoi ?

Il faisait rouler sa cigarette entre ses lèvres, la mettant en piteux état. Ses yeux tressautaient dans leurs orbites comme des billes folles.

— Ça va barder, dit-il enfin. T'as pas intérêt à te trouver mêlé à tout ça.

— Tout ça, quoi ?

— J'ai payé ma dette, dit-il très vite. Maintenant, on est quittes. Si on savait que je t'ai causé, je me ferais descendre. Je me suis suffisamment mouillé comme ça. Trop, même...

— De qui parlez-vous ? De ceux qui ont tué mon père ?

— Tire-toi, je te dis.

Il devenait plus nerveux de seconde en seconde.

— La dette est payée, la conférence terminée. Maintenant, décarre ! Allez, descends de ma bagnole.

De mon bras gauche posé en travers de sa poitrine, je le clouai sur la banquette. De ma main droite, je le palpai sans rien découvrir sur lui qui ressemblât à une arme. Sa respiration était rapide et il regardait de tous côtés dans la rue comme s'il s'attendait à y voir apparaître des blindés d'une seconde à l'autre, mais il ne disait rien.

J'accentuai la pression de mon bras sur sa poitrine, et ouvris la boîte à gants du bout des doigts de ma main libre. La petite porte s'abattit et je pris le flingue qu'elle venait de démasquer. Je ne m'y connais guère en armes, mais je pense que ce devait être un 32, un revolver à barillet aux reflets bleuâtres avec un canon court et une crosse lisse. Le barillet contenait six chambres. Les quatre que je voyais de chaque côté du canon étaient garnies. Mais je ne pouvais pas savoir s'il en allait de même pour les deux autres. Juste au-dessus, là où mon pouce s'était tout naturellement posé, je remarquai un petit taquet. Je poussai dessus et j'entendis un déclic.

Je ramenai mon bras gauche en avant et me retournai à demi sur le siège pour faire face à mon interlocuteur, le revolver braqué sur lui. Il me lança un bref coup d'œil avant de regarder une fois de plus la rue.

— Je voulais te faire une fleur, un point c'est tout, dit-il. Maintenant ça ne va plus ! Je la boucle. Tu ferais aussi bien de descendre.

— Mets ton moteur en marche.

Il me regarda d'un air incrédule.

— Dis, tu te fous de moi, non ? Où veux-tu m'emmener ?

— Chez moi, à Binghamton. Deux cents kilomètres par la nationale 17. Allez, roule !

— Je marche pas, riposta-t-il d'un ton définitif.

— Je suis en état de légitime défense, lui expliquai-je patiemment. Je dirai que je t'ai arraché ton flingue des mains, en reconnaissant que tu étais un des types qui ont assassiné mon père.

Il me regardait fixement, mais c'était mon œil droit, mon œil de verre, qu'il fixait. Avec un frisson il mit sa bagnole en marche.

Le trajet me parut long. Nous ne parlions guère et l'autoroute ne me semblait que trop familière. Je croyais me retrouver dans la même situation que le mois précédent, assis à la même place, dans la même voiture. Je me retournais sans cesse et chaque fois qu'une bagnole nous dépassait, je faisais la grimace. Mais personne ne fit mine de nous canarder.

Nous mîmes un peu plus de trois heures pour arriver en vue de Binghamton. Nous franchîmes la rivière au premier pont, en contournant la majeure partie de la ville. Mais il était quatre heures passées et c'était l'heure de pointe. On n'allait pas vite.

On avait beaucoup construit en trois ans. Des immeubles collectifs s'élevaient maintenant un peu partout, entre des pavillons qui affectaient le style des ranchs de l'Ouest.

Bill habitait un de ces pavillons, sur la nationale 26. Il n'était pas chez lui ; le garage était vide et la porte relevée. J'obligeai mon type à faire entrer sa Plymouth dans le garage. Nous descendîmes et je fis de nouveau passer le flingue dans ma main gauche pendant qu'il rabaissait la porte basculante du garage. Pendant tout le trajet, je n'avais cessé de changer le revolver de main, de peur qu'une crampe ne me gagne, afin de parer à toute éventualité.

La porte séparant la cuisine du garage était également ouverte. La maison était pleine de moustiques, et l'évier rempli d'assiettes sales. Le living-room était jonché de bouteilles de bière vides et de vieux journaux. Des bouteilles, il y en avait deux caisses pleines dans le garage et au moins une douzaine au frais dans le réfrigérateur. C'était du reste à peu près tout ce que celui-ci contenait.

La maison comportait deux chambres à coucher, mais elles étaient vides toutes les deux. Dans la plus petite, aux murs roses, il y avait un berceau et une commode blanche ; tous les tiroirs étaient ouverts et vides. Mais la chambre voisine présentait un désordre typiquement masculin, et les vêtements de Bill s'étalaient partout, sur le lit, sur les chaises, par terre. Donc, il n'avait pas déménagé. Il avait dû mettre la gosse en pension quelque part. Probablement chez tante Agathe.

Nous nous installâmes dans le coin du living-room qui formait salle à manger et fîmes une belote avec les cartes de Bill. Le revolver aux reflets bleus paraissait tout à fait insolite sur la table de formica rose moucheté de gris. Mon bonhomme perdait sans arrêt : il n'arrivait pas à se concentrer. De temps en temps, il me suppliait de le laisser partir, mais sans grande conviction.

Petit à petit, la nuit tomba. Un lampadaire brillait dans la rue. Dans la maison d'en face, une fenêtre s'alluma, irradiant une chaude clarté blonde.

Il était plus de dix heures quand Bill rentra. A en juger par la façon dont il conduisait, il devait être complètement saoul. A jeun, Bill est un conducteur brutal, mais sûr. En revanche, quand il est ivre, il prend ses tournants sur les chapeaux de roue. Il entra, son blouson de joueur de basket ouvert sur son tricot de corps, me regarda bouche bée en branlant la tête, et s'appuya au mur de la cuisine.

— Non, bon Dieu, me fais pas de coups pareils ! dit-il d'une voix tremblante. J'ai cru que c'était Ann...

Il porta une main tremblante à sa poitrine.

Je n'y avais même pas songé. Evidemment, il avait raison. Qui d'autre que sa femme aurait pu l'attendre chez lui, toutes lumières allumées ? Je me levai en rattrapant juste à temps le flingue que j'avais sur les genoux.

— Je n'avais pas réfléchi, Bill, dis-je en guise d'excuse.

— Bon Dieu ! répéta-t-il.

Il hocha la tête en se passant la langue sur les lèvres, puis, s'écartant du mur d'un mouvement brusque, il alla ouvrir la porte du réfrigérateur. Il prit une bouteille qui lui échappa, et il se baissa pour la ramasser à tâtons, après avoir refermé la porte.

Je crus qu'il allait s'étaler. J'agitai mon arme dans la direction de mon partenaire de belote.

— Va lui déboucher sa bouteille, lui ordonnai-je.

Bill le regarda faire, le sourcil froncé. Il saisit la bouteille et but avidement au goulot.

— Qui c'est, celui-là ? dit-il en agitant sa bouteille dans la direction de mon prisonnier.

— Il m'attendait à la sortie de l'hôpital, expliquai-je.

Et là-dessus, je lui racontai toute l'histoire.

— Et c'est tout ce que j'ai pu en tirer, conclus-je.

— Ah ! oui ? On va bien voir !

Bill fit passer la bouteille dans sa main gauche, s'avança vers notre invité et lui balança son poing en pleine gueule.

C'était la première fois que je voyais un type se faire mettre k.-o. ainsi, d'un seul coup de poing. Mon bonhomme s'affaissa comme une marionnette dont on aurait coupé les fils.

— C'est malin ! protestai-je. Si tu crois qu'il peut parler maintenant...

— Je ne voulais pas taper si fort.

Bill siffla le fond de sa bouteille de bière, la posa sur le buffet et alla se remplir un verre d'eau au robinet.

— Non, bien sûr, dis-je aigrement.

Je posai mon flingue sur le réfrigérateur, m'agenouillai à côté du type et lui flanquai quelques claques pour le ranimer.

— Fais-toi donc un peu de café, lançai-je à Bill

en tournant à moitié la tête. Et cesse de te conduire comme un gamin !

— Je regrette, Ray, grommela-t-il. Parole ! Mais j'ai passé par de si sales moments...

— Depuis combien de temps ?

— Oh ! je sais... Ça fait deux semaines jour pour jour qu'Ann...

De nouveau, il était à deux doigts de la crise de larmes.

— Allez, tu ferais mieux de préparer du café, répétai-je. Fais-en trois tasses.

Sur le plancher, mon bonhomme détourna la tête pour esquiver une nouvelle gifle.

— Assez, gémit-il. Assez...

— Relève-toi, dis-je. Il ne recommencera plus.

Il n'était pas entièrement convaincu, mais il se remit tout de même debout. Ses jambes flageolaient. Bill surveillait l'eau pour la retirer du feu avant qu'elle bouille.

— Quand tu seras calmé, lui dis-je, viens nous rejoindre dans le salon. Et amène le café.

Je repris mon flingue sur le réfrigérateur.

— Je suis désolé, Ray, répéta Bill. Je te demande pardon.

— Si tu te remets à chialer, lui dis-je, je te laisse choir ! Tant pis pour toi.

Je poussai le type devant moi dans le living-room. J'allumai toutes les lampes et nous nous installâmes dans des fauteuils. Dans la maison d'en face, la fenêtre encadrait le tableau d'une famille paisible et heureuse, en train de regarder la télévision, tout à fait comme un placard publicitaire. Tout cela avait l'air tellement normal que, moi aussi, ça me donnait envie de chialer.

— Comment t'appelles-tu ? demandai-je au gars.

— Smitty.

— Tu te fous de moi ?

— Parole ! Je peux le prouver. J'ai sur moi une carte d'entrée dans une bibliothèque.

Ça, je demandais à voir ! Pas tellement pour vérifier son identité, mais l'idée que ce type pouvait être abonné à une bibliothèque me faisait doucement rigoler.

Il me montra sa carte. Elle provenait d'une bibliothèque de prêt de Brooklyn, et était établie au nom de « Chester P. Smith, 653, Quatre-vingt-dix-neuvième Rue Est ; escalier C, appartement 2 ». En dessous, la signature pouvait aussi bien se lire Napoléon Bonaparte que Chester P. Smith.

Bon, il avait donc une carte de bibliothèque. Dans le même portefeuille, je trouvai encore quarante-trois dollars. Mais je n'y vis pas le moindre permis de conduire. Et je venais de me faire véhiculer pendant deux cents kilomètres par ce type...

— Je veux bien t'appeler Smitty, dis-je en lui relançant le portefeuille, mais le nommé Chester P. a dû râler d'être obligé de se faire faire une nouvelle carte !

Il rangea son portefeuille sans répondre. Deux minutes plus tard, Bill arriva avec trois tasses de café. Quand il s'approcha de Smitty, celui-ci eut un mouvement de recul. Bill sourit avec autant d'amabilité qu'une huître qui s'ouvre, posa la tasse sur la table à côté du fauteuil, et alla s'asseoir sur le divan, à côté de moi.

— Maintenant, ça va, me dit Bill au bout d'une minute.

— Tant mieux ! soupirai-je.

Un silence tomba. Bill s'éclaircit la gorge.

— Qu'est-ce qu'on attend ? demanda-t-il soudain.

— Que Smitty consente à se déboutonner, répliquai-je.

D'un geste inquiet du pouce, Smitty désigna la grande baie.

— On ne pourrait pas tirer les rideaux ? demanda-t-il.

— Fais-le toi-même, répliquai-je.

Il obéit et vint se rasseoir d'un air de chien battu. Puis il se mit à boire son café, lentement, le buste penché en avant, en faisant la grimace car Bill l'avait fait très fort. Le gars Smitty devait le préférer avec de la crème, mais il n'osa pas en réclamer.

— Et maintenant, si tu nous racontais toute l'histoire, Smitty ? lui dis-je aimablement.

— Je ne peux pas, fit-il en nous regardant par-dessus sa tasse d'un air presque attendrissant. J'ai voulu te faire une fleur, pour payer ma dette à votre vieux, et vous me cassez la gueule ! J'aurais mieux fait de me tenir peinard.

Je me tournai vers Bill :

— Dis donc, Bill, recommandai-je, tâche de cogner un peu moins fort la prochaine fois. C'est emmerdant : après, il faut le ranimer...

Bill se leva en souriant, avec l'air avide d'un homme qui a un vieux compte à régler.

— Avec ça, on a de quoi s'amuser, fit-il en nous montrant un poing hérissé de poils roux, tavelé de taches orange et armé d'énormes jointures.

— Allez, quoi, merde ! Foutez-moi la paix, geignit Smitty.

Sa voix avait monté d'un ton. Il s'était reculé sur son fauteuil.

— Attends, on va commencer par le plus facile, dis-je. Qu'est-ce que mon père avait fait au juste pour toi ?

Il ne quittait pas des yeux le poing de Bill.

— T'étais même pas né à l'époque, dit-il. C'était du temps de la prohibition. Je ramenais un camion du New Hampshire quand la police d'Etat m'a piqué...

— Un camion de quoi ? demanda Bill.

— De gnôle, pardi ! Les mecs pour qui je travaillais m'ont laissé tomber, mais votre dab a accepté de me défendre. Et à l'œil encore !

— Comment te connaissait-il ? demandai-je.

— On travaillait pour les mêmes patrons.

— Tu mens, gronda Bill, en faisant un pas en avant.

— Attends un peu, coupai-je. C'est bon, Smitty ; maintenant venons-en à l'actualité.

— Je t'ai déjà tout dit. Il va y avoir un coup de chien à New York. T'as intérêt à ne pas t'en mêler.

— Mais moi, justement, je veux m'en mêler, répliquai-je. Je veux tout savoir : les noms, les adresses, tout... Ils ont tué mon père. Et ils ont tué sa femme, ajoutai-je en lui montrant Bill.

Pendant une brève seconde Smitty parut surpris ; puis son visage se referma.

— O.K., dit-il. Dans ce cas tu dois comprendre.

— Comprendre quoi ?

— Qu'il faut que tu te barres !

— Il faut que je me barre, parce que la femme de Bill a été assassinée ?

— A quoi ça t'avancera de te trouver mêlé à tout ça ?

— Je le suis déjà, que ça me plaise ou non. Alors, parle-moi plutôt de ce coup de chien qui se prépare à New York.

Il hésita. Il pesait le pour et le contre, en nous regardant tour à tour, Bill et moi.

— C'est une affaire du Syndicat, souffla-t-il enfin. Je ne vous en dirai pas plus long. J'ai déjà trop parlé comme ça.

— Quel syndicat ?

— L'Organisation, les gangs, quoi, la mafia, si tu aimes mieux.

— Qu'est-ce que j'ai à voir avec ton syndicat ?

— C'est à cause de ton père, comprends-tu ?

— Quel rapport ?

— Il travaillait pour eux.

Bill s'approcha de Smitty et le frappa à deux reprises avant que j'aie le temps de réagir. Je me précipitai sur lui pour l'arrêter.

— Bill, domine-toi un peu, nom de Dieu ! sans ça je l'emmène et tu pourras aller te faire voir. Tu veux chialer dans ton coin comme un môme, ou te rendre utile ?

— Ça va, ça va...

Il se dégagea et alla se rasseoir sur le canapé.

Smitty s'était abrité derrière ses deux bras levés. Il finit par les abaisser comme s'ils lui faisaient mal. Il ouvrait des yeux ronds.

— Mais je n'y suis pour rien, dit-il. Qu'est-ce qu'il lui prend ? Je voulais te faire une fleur... Qu'est-ce qu'il a ?

— Je te l'ai dit : il vient de perdre sa femme...

— Ben, j'y peux rien, moi. Je suis venu t'avertir, un point c'est tout. J'aurais mieux fait de rester tranquille.

— Qui a fait le coup, Smitty ? lui demandai-je. Qui a tiré sur mon père ? Qui a écrasé la femme de Bill ?

Il secoua la tête.

— Non ! Vous êtes cinglés, tous les deux. Si je l'ouvre, vous irez leur courir après et ils sauront que c'est moi qui vous ai rancardés. Je suis venu te trouver par amitié, en souvenir de ton dab, mais je tiens à ma peau.

— Leurs noms, Smitty ?

— Ils sauront que ça vient de moi. Non ! Je ne dirai plus rien.

— Bill... lançai-je.

La nuit fut longue. Nous avions tiré les rideaux. Bill le mettait k.-o. et ensuite je le ranimais. Mais quelque part dans le monde, il existait quelqu'un capable de terrifier beaucoup plus Smitty de loin que nous ne pouvions le faire de près. La dernière fois, je renonçai à le ranimer. Je l'enfermai à clé dans un placard, et nous allâmes dormir.

CHAPITRE IV

Le matin, avant notre départ, Bill était prêt à faire des conneries, comme d'enterrer Smitty dans sa cave, ou de l'abandonner sur une petite route, dans sa Plymouth, avec une balle de son revolver à barillet dans la tête.

— Si on le laisse en vie, il ira les prévenir qu'on va leur donner la chasse.

— Mais non, dis-je en regardant Smitty. Il faudrait pour ça qu'il avoue nous avoir tout dit. Ils ne croiront jamais qu'il a refusé de nous donner leurs noms. C'est pour ça qu'il ne retournera pas à New York.

— Ça, vous pouvez y compter ! s'écria-t-il.

Ses lèvres tuméfiées l'empêchaient d'articuler distinctement.

— Il ira se planquer quelque part dans l'Ouest, sous une autre identité, dis-je.

Smitty saisit la balle au bond.

— Vous n'entendrez plus jamais parler de moi, promit-il.

Au bout d'un moment, Bill finit par se rallier à mes arguments et alla dégager sa Mercury de l'allée. Smitty sortit sa Plymouth du garage en marche arrière, et fila sans perdre de temps à nous demander son chemin.

Pendant que Bill partait en ville prendre congé de son patron, embrasser sa gosse et retirer son argent de la banque, je restai à la maison pour faire les valises et fermer les fenêtres. A son retour, nous chargeâmes ensemble le coffre à bagages et reprîmes la route de New York.

Ma jambe droite était encore un peu flageolante. J'essayai de conduire un moment, mais je dus bientôt y renoncer. Non seulement j'évaluais mal les distances, mais j'avais des ennuis avec ma cheville droite que les toubibs n'avaient pas réussi à réparer complètement. Elle était raide et j'étais obligé d'appuyer sur l'accélérateur avec le talon, ce qui était gênant. Nous changeâmes donc de place et Bill garda le volant tout le reste du trajet.

Nous avions emporté le revolver de Smitty. Bill possédait bien un Luger, mais d'un calibre spécial et il n'avait pas réussi à se procurer des cartouches à Binghamton. A New York, il aurait peut-être plus de chance. En outre, nous avions placé deux carabines de chasse dans notre coffre.

Nous trouvâmes un hôtel pas trop cher avec garage, tout en haut de Broadway, dans la Soixante-douzième Rue. Bill avait près de quatre mille dollars, moi un peu moins de cent. L'armée m'avait expédié le deuxième tiers de ma prime de démobilisation à l'hôpital, soit cent dollars, mais Dieu seul savait où le troisième tiers me parviendrait. Il ne devait pas tarder beaucoup, car cela allait bientôt faire deux mois que j'avais été libéré, ce qui me semblait à peine croyable.

Il était un peu plus de deux heures quand nous nous inscrivîmes à l'hôtel. Bill trouva une banque pas loin, où il déposa trois mille dollars dans un compte sur lequel nous pouvions tirer indifféremment l'un et l'autre. On nous fit remplir et signer des fiches à tous les deux et on nous donna un carnet de chèques. Les types de la banque n'avaient pas l'air trop satisfaits. Ils auraient préféré que nos noms figurent sur le chéquier, mais nous nous y refusâmes.

Après avoir déjeuné, nous regagnâmes notre chambre et nous nous assîmes sur nos lits.

— Et maintenant ? m'a demandé Bill.

— Nous avons deux pistes. La première, c'est le numéro d'immatriculation de la bagnole de Smitty. Mais il est probable que c'est une voiture volée. L'autre piste, c'est la carrière de papa. Il a été avocat à New York autrefois et il a été en rapport avec le milieu.

— C'est faux. Ce salaud a menti !

— Non. Ce qui a causé sa mort venait du passé. Ils le recherchaient peut-être. Il a dû croire qu'après tant d'années, il ne risquait plus rien à revenir à New York. Mais il n'osait pas sortir de son hôtel.

— Mais pourquoi auraient-ils aussi tué Ann ?

— Explique-moi en détail comment les choses se sont passées.

— Elle faisait partie d'une troupe théâtrale. Des amateurs, tu comprends... Elle consacrait deux ou trois soirées par semaine aux répétitions. Elle y allait en autobus et se faisait ramener par les uns ou par les autres. Moi, je ne pouvais pas aller la chercher à cause de Betsy qu'il fallait garder... Et il n'y a plus d'autobus à cette heure-là... Le dernier soir elle a pris son autobus, pour aller là-bas, comme d'habitude. L'arrêt est tout près de la salle où ont lieu les répétitions : deux ou trois pâtés de maisons, à peine. Elle a traversé la rue... Il ne faisait même pas nuit : il n'était que sept heures et demie. La voiture a débouché d'une petite rue et l'a heurtée... Elle a été renver...

— Ça va, dis-je. Calme-toi. Inutile de raconter ça maintenant.

— J'y arriverai, assura-t-il en allumant une cigarette. Donc elle a été renversée sur le trottoir. La voiture l'a fait tomber à la r... à la renv...

— Oui, j'ai compris.

— Ah ! saloperie.

Il haletait bruyamment, en fixant les motifs du dessus-de-lit. Il posa ses mains dessus, les doigts écartés et les appuya fortement.

— Il y avait trois témoins, mais aucun n'a bien vu ce qui s'était passé. La bagnole n'a même pas ralenti.

— Je me demande si c'était la même ?

Il tourna la tête vers moi.

— La même que celle qui vous a pris en chasse ?

— Oui.

— Je ne sais pas... C'est probable, mais personne ne l'a bien remarquée.

Tandis qu'il achevait sa cigarette, j'allai jusqu'à la table où était posé le téléphone et feuilletai les annuaires. L'hôtel possédait ceux de Manhattan, de Brooklyn et du Bronx. Je trouvai un Chester P. Smith dans Brooklyn, à l'adresse indiquée sur la carte que m'avait montrée Smitty.

Ce fut une femme qui me répondit. Je lui demandai si Smitty était chez lui.

— Qui ça ? fit-elle, surprise.

— Je veux dire Chet. Enfin Chester, si vous aimez mieux.

— Il est à son travail. Qui le demande ?

— Je crois bien que nous avons été ensemble à l'armée, dis-je. A condition bien sûr qu'il ne s'agisse pas d'un homonyme. Mon copain était de taille moyenne, avec un visage plutôt maigre...

Elle se mit à rire comme une folle.

— Ben, ça, je peux vous garantir que mon mignon n'est pas du genre maigre !

— Alors il ne s'agit sûrement pas de la même personne, dis-je.

Je raccrochai et cherchai le numéro de la bibliothèque de prêt de Manhattan. Je découvris qu'il s'agissait d'un établissement consacré uniquement aux journaux et périodiques.

— Je sors un moment, dis-je à Bill.

— Où vas-tu ?

— A la bibliothèque. Pendant ce temps, tâche donc de voir comment nous pourrions nous procurer des renseignements sur cette fameuse plaque minéralogique.

— Qu'est-ce que tu vas foutre dans une bibliothèque ?

— Voir si les journaux ont parlé de papa dans le temps.

— Tu veux dire de ses relations avec le milieu ? Avec les bootleggers ?

Il se leva furieux, le sourcil froncé.

— Ce petit salaud a menti, Ray ! Tu es un mauvais fils, si tu crois à ces mensonges.

— Je n'ai plus qu'un œil, Bill, mais celui-là, je suis encore capable de l'ouvrir.

Du coup il laissa tomber.

— Bon Dieu ! dit-il en détournant la tête, et avec tout ça je n'ai pas roupillé depuis deux jours.

— Je serai bientôt de retour, promis-je.

Il se jeta à plat ventre sur son lit, et je sortis de la chambre.

CHAPITRE V

Je trouvai la bibliothèque entre la Dixième et la Onzième Avenue, au second étage d'un immeuble qui ressemblait à un bureau de poste. Certaines collections de périodiques étaient microfilmées, d'autres reliées en gros volumes.

Je parcourus les tables du *New York Times* et je découvris ce que je cherchais en 1931. Papa n'avait que vingt-sept ans à l'époque. Il était déjà marié, mais n'avait pas encore d'enfants. Il était inscrit au barreau depuis deux ans.

Il y avait alors un type qui possédait un certain nombre de baraques plus ou moins croulantes qui abritaient presque toutes des bars clandestins. Le type avait été poursuivi pour stockage et vente d'alcool de contrebande, et s'était tiré d'affaire grâce à un remarquable tour de passe-passe juridique de la part de son avocat. Celui-ci s'était même montré si brillant que le *Times* avait publié un article sur lui et la firme qui l'employait, le cabinet Mac Ardle, Lamarck et Krishman. L'avocat se nommait Willard Kelly.

On y affirmait de « bonne source » que Mac Ardle, Lamarck et Krishman tiraient, directement ou non, les trois quarts de leurs revenus du gang de l'alcool. Willard Kelly travaillait pour eux depuis moins d'un an et c'était la première fois qu'il plaidait un de leurs dossiers. Pour finir, l'auteur de l'article exprimait ses regrets de voir Kelly prostituer ainsi son talent.

« Et voilà ! me disait une petite voix. Parce que c'est ton père, tu crois le connaître... Tu oublies seulement qu'il a vécu bien des années avant de te mettre en chantier. Et brusquement, tu découvres que tu n'as jamais su qui il était. »

Je relevai soigneusement les noms cités : Morris Silber, le propriétaire des baraques ; Andrew Mac Ardle, Philip Lamarck et Samuel Krishman, les trois associés de la firme ; George Ellinbridge, le procureur ; Andrew Shuffleman, le juge.

J'eus beau chercher et parcourir les tables des années 1920 et 1940, je ne trouvai pas d'autre article mentionnant Willard Kelly. Morris Silber avait récolté un an de prison en 1937 pour contravention aux règlements sur l'hygiène dans ses « immeubles de rapport » — en fait, pour y avoir laissé pulluler les rats. On n'indiquait pas le nom de son avocat. Philip Lamarck était mort dans son lit en 1935, à l'âge de soixante-sept ans. Andrew Shuffleman était mort la même année, tout aussi paisiblement, à l'âge de soixante et onze ans. George Ellinbridge avait été élu représentant à l'assemblée de l'Etat en 1938, mais n'avait pas été réélu.

Andrew Mac Ardle avait défendu le célèbre roi de la pègre Anthony Edward, dit Eddie Kapp, lors du procès qui lui avait été intenté pour fraude fiscale, en 1940. Le gangster avait récolté deux condamnations à dix ans et une à cinq ans de prison, sans bénéfice de la confusion des peines.

Vingt-cinq ans de placard en tout ! Il n'avait pas encore fini de les tirer. Il est vrai que les remises de peine ne sont pas faites pour les chiens...

Eddie Kapp... on ne parlait plus de lui après 1940. Par contre, il avait souvent défrayé la chronique entre les deux guerres. C'était un copain de Dutch Schultz et de Bill Bailey. Il avait joué un rôle important à la belle époque où Schultz avait été assassiné à Jersey, et où Bailey était devenu le grand caïd de la pègre pendant deux semaines. Puis, un soir, Bailey s'était présenté dans un hôpital de New York en déclarant qu'il ne se sentait pas bien. On l'avait mis au lit et le lendemain matin, il était mort. Le certificat de décès affirmait que c'était d'une pneumonie.

Eddie Kapp, Willard Kelly... Le lien qui unissait ces deux hommes se nommait Andrew Mac Ardle.

Je perdis un peu de temps à poursuivre mes recherches dans l'année en cours. Les tables mensuelles étaient réunies dans un classeur, et celle de juillet était la dernière parue. Mon nom y figurait à la date du 14. Après avoir rempli une fiche, j'obtins le microfilm du numéro correspondant et le passai dans l'appareil de lecture. Je pus ainsi lire l'histoire de notre fusillade. Le *Times* la déclarait « incompréhensible » et ne lui avait consacré qu'un petit paragraphe en page huit. *Un automobiliste abattu à son volant...*

La bibliothécaire vint me prévenir qu'il était cinq heures et qu'ils allaient fermer. Je rangeai le microfilm dans sa boîte, remis mon crayon et mon bloc dans ma poche et sortis.

CHAPITRE VI

En rentrant dans la chambre, je trouvai Bill en compagnie d'un inconnu efflanqué, vêtu d'un complet brun dont le veston déboutonné flottait sur une chemise blanche toute froissée à la taille. Une cravate criarde, orange et vert, et un feutre noir, rejeté en arrière, complétaient sa mise peu reluisante.

— Je te présente Ed Johnson, lança Bill. C'est un détective privé.

— C'est exact, dit Johnson avec un sourire aimable à mon adresse.

Je fronçai le sourcil.

— Qu'est-ce qu'on a à en foutre ? demandai-je à Bill.

— Nous n'arriverons jamais à rien tout seuls. Puisque tu t'es fourré dans la tête cette idée complètement loufoque que papa était en relations avec des truands, nous avons besoin de quelqu'un qui connaisse le milieu.

Je regardai fixement Johnson.

— Foutez le camp.

Son sourire s'évanouit.

— Mais je ne sais pas trop... dit-il en nous regardant tour à tour Bill et moi. On m'a déjà versé une avance sur mes honoraires, pour vérifier un numéro minéralogique et...

— Nous désirons toujours ce renseignement, me fit remarquer Bill.

Je m'assis et allumai une cigarette.

— Moins il y aura de monde au courant de nos petites affaires, mieux ça vaudra, confiai-je à mon allumette. Nous ne tenons pas à nous faire repérer.

— On peut me faire confiance, déclara Johnson. Je suis cent pour cent correct.

— Juste pour retrouver ce numéro, Ray, dit Bill qui paraissait gêné.

— Vous ne pourriez jamais le trouver seuls, insista Johnson. Pour moi, c'est facile.

— Oh ! et puis je m'en fous, après tout ! dis-je en haussant les épaules. Amusez-vous toujours avec le numéro. C'était une Plymouth.

Johnson nous assura que nous aurions bientôt le renseignement et s'éclipsa.

— Tu en as, des façons ! fit Bill d'un ton de reproche. Il est sympa, ce gars, non ?

— On ne le connaît ni d'Eve, ni d'Adam, objectai-je.

— Ce qu'il nous faut, c'est un point de vue impartial. Avec tes idées idiotes...

Pour toute réponse, je pris mon bloc et lui relus mes notes à haute voix, avant de les lancer sur la commode.

— Allons, regarde donc les choses en face, conclus-je.

— Ce n'est pas papa, déclara Bill avec obstination. Willard Kelly, c'est un nom assez répandu. Après tout, bon Dieu ! moi aussi, je le porte !

— En somme, ce ne serait qu'une simple coïncidence ?

— Sûrement.

— Il y aurait eu deux Willard Kelly ? Tous les deux du même âge ? Vivant tous les deux à New York ? Tous les deux avocats ? Tous deux sortis de la même université ?

— Peut-être. Pourquoi pas ?

— Tu ferais mieux de retourner à Binghamton, Bill ! Moi, je suis borgne, mais toi tu es complètement aveugle. Tu vas nous attirer des emmerdements.

Il me regarda un moment, puis il alla s'asseoir au milieu du lit, les genoux repliés sous lui comme un yogi. Il paraissait à la fois énorme et attendrissant. Ses gros doigts poilus et tachés de son suivaient distraitement les dessins du couvre-pied.

— C'était notre père, dit-il au bout d'un moment. Non, il n'était pas comme ça... reprit-il après un bref silence.

— Il a changé, d'accord. Il s'est amendé. Il a rompu avec le Syndicat et il a changé de résidence.

Les paupières de Bill s'étaient plissées tristement.

— Alors, c'est vrai ? dit-il.

— Tu le sais aussi bien que moi.

Il ferma le poing et en assena un coup violent sur le lit.

— Mais alors, bon Dieu ! comment veux-tu que je continue à le respecter ?

J'ôtai mon œil de verre et le déposai sur la commode.

— Debout, Bill !

— Quoi ? Pourquoi ? fit-il, surpris.

— Tu oublies un peu trop facilement le respect qu'on doit à ses père et mère.

— Je ne veux pas me battre avec toi, Ray.

Il descendit du lit, les deux mains ouvertes, et je le frappai à l'angle de la mâchoire.

Au troisième coup, il riposta. J'étais désavantagé, faute de pouvoir apprécier correctement les distances et j'encaissai deux ou trois fois, mais je me relevai aussitôt. Il se mit à pleurer. Sa figure était aussi rouge que ses cheveux pendant qu'il continuait à m'expédier au tapis. Il finit par se mettre les poings sur les hanches en secouant la tête.

— Ça suffit, murmura-t-il.

Je me levai et je lui expédiai mon poing gauche en pleine poire. Il ne fit aucun geste pour se défendre ou pour riposter. Je remis ça, du poing droit, cette fois.

— Assez ! répéta-t-il en sanglotant.

Je lui plaçai encore un doublé, droite-gauche, et il tomba à genoux contre la table de nuit, faisant dégringoler la Bible. Je l'achevai d'un uppercut à la pointe du menton. Il s'affala sur le dos et renonça à se relever.

Je repris mon œil de verre sur la commode et j'allai au lavabo me laver le visage avant de remettre mon bouchon de carafe en place. Maintenant, j'arrivais à faire ça sans être pris de nausée. J'avais les phalanges tout écorchées et une longue balafre à la joue gauche.

Je retournai m'asseoir dans le fauteuil. Au bout d'un moment, Bill se leva.

— Ça va, j'ai compris, dit-il.

— Tu retournes à Binghamton ? demandai-je.

— Non. C'est toi qui as raison.

Je n'étais pas sûr qu'il ait bien compris.

— Qu'est-ce que tu crois que je suis venu faire ici ? lui dis-je. Du théâtre d'amateur ?

— Non, bien sûr.

— Et tu sais ce qu'on fait ici, toi et moi ?

— Oui.

— Dis un peu, pour voir ?

— Nous recherchons les assassins de papa.

— Et tu penses que c'est pour les livrer aux flics ?

Il me regarda avec un certain effroi.

— Bon Dieu ! souffla-t-il à mi-voix.

Il hocha la tête et, en évitant de me regarder, il ajouta :

— Non. Ce n'est pas pour les flics qu'on travaille.

— On est assez grands pour s'occuper d'eux nous-mêmes, pas vrai ?

— On va s'occuper d'eux nous-mêmes.

— Et tu sais pourquoi ?

De nouveau, il me regarda mais, cette fois, bien en face.

— Parce qu'ils ont tué notre père.

— Tout juste...

CHAPITRE VII

Nous passâmes la soirée dans notre chambre, avec deux flasques de whisky pour nous tenir compagnie. Le téléphone nous réveilla le lendemain matin à neuf heures. Je décrochai : c'était Johnson au rapport.

— Le numéro qui vous intéresse est celui d'une Buick 54, dit-il. On me l'a volée il y a trois mois. Pas la bagnole, rien que la plaque. Et il y a beaucoup de Plymouth volées en circulation. C'est une marque très recherchée.

— Merci, fis-je. Est-ce que les arrhes que nous vous avons versées suffisent à couvrir vos honoraires ?

— Si c'est tout ce que vous vouliez savoir, oui.

— Eh bien, dans ce cas, nous vous remercions.

— Dites, monsieur Kelly, qu'est-ce que vous avez donc contre moi ?

— Mais je n'ai rien contre vous, mon vieux.

Je raccrochai et j'oubliai l'incident. Je feuilletai un moment l'annuaire, crayon en main, puis nous sortîmes pour aller déjeuner.

La firme pour laquelle mon père avait travaillé jadis avait maintenant pour raison sociale : « Mac Ardle, Krishman, Mellon et Mac Ardle. » Elle était installée dans un immeuble de la Cinquième Avenue, un peu plus bas que la cathédrale.

Au rez-de-chaussée, les portes de l'ascenseur étaient entièrement chromées. Au vingt-septième étage, elles étaient simplement peintes en brun. Un habile peintre en lettres avait réussi à faire tenir toute la raison sociale de la firme sur le verre dépoli de la porte du bureau. Nous la franchîmes et je dis à la réceptionniste que je voulais voir Mac Ardle.

— Celui qui est en tête de liste, précisai-je.

Elle le prit de haut et ne nous accorda que le Mac Ardle n° 2.

Il avait une quarantaine d'années, un corps mou et un visage rond et pâle. Derrière des lunettes cerclées de noir, ses yeux semblaient perpétuellement larmoyants.

— Alors, jeunes gens, nous dit-il, que puis-je faire pour vous ?

— Rien, répliquai-je. C'est l'autre Mac Ardle que nous voulons voir.

— Mon père ne joue plus de rôle actif dans notre firme, dit-il avec le sourire onctueux d'un représentant en produits laxatifs. Je puis vous assurer que je suis presque aussi bon avocat que lui.

Il affectait de nous prendre pour des gamins.

— Je n'en doute pas, dis-je. Mais dans ce cas, c'est à Krishman que nous voulons parler. A Samuel Krishman, et pas à un autre fils à papa.

Il fronça à la fois les sourcils et les lèvres.

— Je regrette, mais je suis obligé de vous demander...

— Annoncez Willard Kelly, dis-je.

Ce nom ne lui disait absolument rien. Il regarda la carte posée sur son bureau.

— Mais n'avez-vous pas dit à la réceptionniste que votre prénom était Raymond.

— C'est celui de mon père que je viens de donner.

— Votre père s'appelle Raymond ?

— Vous êtes complètement bouché, mon cher maître ! dis-je en lui montrant son téléphone. Décrochez plutôt votre outil et dites à Samuel Krishman que le fils de Willard Kelly le demande.

— Il n'en est pas question !

Je fis un pas en avant et je décrochai moi-même. Il tendit la main pour me retenir.

— Bill ! lançai-je, sans élever la voix.

Bill fit le tour du bureau, et Mac Ardle fils se rassit aussitôt, encore plus pâle qu'avant.

— Ça ne se passera pas comme ça, protesta-t-il.

Mais c'était là le genre de phrases qu'on lance quand on sait très bien qu'on ne peut rien faire, et ça ne m'impressionnait pas du tout.

Il y avait toute une rangée de touches sur le socle de son téléphone, en dessous du cadran. Je poussai celle marquée « Intérieur ». Rien. Je composai le zéro. Toujours rien. Je fis un numéro au hasard, et une voix d'homme finit par me répondre.

— Quel est donc le numéro de Samuel ? dis-je. Je n'arrive pas à m'en souvenir.

— Le huit, répondit la voix.

Je coupai et composai le huit. Cette fois, je tombai sur un vieillard.

— Je suis le fils de Willard Kelly, commençai-je. Je ne suis pas aussi bouché que le fils d'Andrew

Mac Ardle, mais je me trouve coincé dans son bureau.

Un lourd silence tomba.

— Quel nom avez-vous dit ? reprit la voix qui était à la fois sèche et âgée.

— Vous avez bien entendu : j'ai dit Willard Kelly.

— Lester est près de vous ?

— Vous parlez de Mac Ardle fils ? Oui, il est là.

— Dites-lui de ma part de vous conduire à mon bureau.

— Dites-le-lui vous-même. Moi, il ne voudra pas me croire.

Je tendis le téléphone à Lester. Il le prit comme s'il avait peur de se faire mordre par l'appareil. Il écouta un moment, puis raccrocha.

— Vous auriez pu être un peu plus poli, remarqua-t-il aigrement.

— Avec vous ? Ça me ferait mal !

Il nous escorta le long d'un couloir dont un des murs était peint en vert et l'autre dans un ton rouille. Plafond blanc, lino noir, portes pastel... Celle du bout était beige, fermée, et ne portait aucune indication. Il nous confia à une petite brune à taille de guêpe et aux cheveux laqués qui nous fit poireauter un bon moment avant de nous introduire enfin dans le bureau de Samuel Krishman.

Il était installé dans un grand fauteuil pivotant en cuir noir, derrière un bureau d'acajou si poli qu'il en scintillait. Sous-main marron... Deux téléphones noirs. Quelques papiers, gênés de se sentir si blancs...

— Excusez-moi de ne pas me lever, dit-il machinalement, tout en nous observant.

Il agita une main brune et desséchée comme une vieille souche pour nous désigner deux fauteuils de cuir marron. Ses boutons de manchettes étaient des pièces d'or frappées d'effigies romaines.

— Vous prétendez être le fils de Willard Kelly ? dit-il en posant son regard sur moi.

— Nous le sommes tous les deux. Voici mon frère, Willard junior. Moi, je m'appelle Raymond.

Ses yeux pâles allèrent rapidement de Bill à moi.

— C'est vous le porte-parole, je crois ? C'est bien vous que j'ai eu tout à l'heure au téléphone.

Ce n'était pas bien sorcier de reconnaître ma voix. Je le regardai fixement tandis que Bill, de son côté, ne me quittait pas des yeux.

— Mon père a travaillé ici autrefois, dis-je.

Il sourit. Son splendide râtelier aurait à peine paru plus déplacé dans le bec d'un canard.

— Pas exactement ici, précisa-t-il. A l'époque, nos bureaux se trouvaient à l'autre bout de la ville.

— Il est entré chez vous en août 1930 ?

— Il me semble. A peu de chose près.

— Le *Times* a parlé de lui, une fois, à propos de l'affaire Morris Silber. Il lui a consacré un article biographique.

Cette fois son sourire ne lui écarta même pas les lèvres. Cela lui donnait du reste l'air plus franc.

— Je m'en souviens, en effet. Willard a même été assez gêné quand l'article a paru. C'était un jeune homme timide... Il ne ressemblait guère à son fils.

A le voir, on aurait pu croire que Bill n'existait pas.

— Le *Times* a parlé de lui une autre fois encore, précisai-je. Cela remonte à deux mois. Vous n'avez pas lu l'article ?

Deux minces sourcils rampèrent l'un vers l'autre sur son front raviné.

— Pas que je sache. Ou alors cela ne m'aura pas frappé...

Un sourire découvrit de nouveau son dentier.

— A l'heure actuelle, je ne lis plus guère que les notices nécrologiques.

Maintenant j'avais compris : quand il montrait les dents, ça voulait dire que son sourire était en toc.

— Il ne s'agissait pas d'une notice nécrologique, rétorquai-je. Mais ça revenait au même. On l'a assassiné.

— Assassiné ?

— D'un coup de revolver. Il roulait en voiture et le coup a été tiré d'une autre voiture, en marche elle aussi. J'étais avec lui.

— Ah ? Et avez-vous identifié l'agresseur ?

— Oh ! ça viendra !

— Je vois.

Ses mains s'avancèrent lentement sur le buvard marron, se rapprochèrent comme à tâtons l'une de l'autre et s'étreignirent.

— Est-ce là la raison de votre présence ici ? Vous voulez vous venger ?

— Ça, c'est secondaire, dis-je. D'abord, je veux comprendre. Je suis resté trois ans à l'étranger ; je servais dans l'armée de l'Air en Allemagne. Je viens de rentrer et je n'ai encore ni fiancée ni projets.

Du pouce, je lui désignai Bill.

— Lui, il n'était même pas dans le cas. Il était

marié, il avait une gosse. Moi, je n'avais que mon père. Et ils me l'ont tué juste au moment où j'avais le plus besoin de lui. Froidement, comme si ça les faisait rigoler...

Là-dessus, je me rassis, et nous restâmes un moment silencieux tous les trois. Quand je détachai mes mains des bras du fauteuil, je vis dans mes paumes la trace des veines rougeâtres du bois.

— Je veux savoir la raison de tout ça, dis-je pour conclure.

— Moi, ils ont tué ma femme, dit brusquement Bill, comme pour s'excuser d'être là.

Avec un soupir Krishman passa une main sèche sur son visage. Ce n'était plus un ténor du barreau que nous avions devant nous, mais un très vieil homme qui n'osait même pas prendre sa retraite, parce qu'il voyait mourir autour de lui tous ses amis qui se retiraient des affaires.

— Tout cela remonte si loin... dit-il. C'est du passé. Ces choses-là n'arrivent plus de nos jours.

— Et l'affaire Anastasia ? Et le vitriolage de Victor Reisel ? Et le meurtre d'Arnold Schuster, ce témoin de vingt-deux ans qui a été abattu en 1951, avant d'avoir pu déposer...

— Depuis plus de vingt ans, notre maison ne s'occupe plus de ce genre d'affaires, reprit-il. Jadis, certaines circonstances ont fait que...

— Vous pensez à Mac Ardle père ?

Il secoua la tête, et me regarda en souriant, mais sans ouvrir les lèvres, cette fois.

— Non, dit-il, je pensais à Philip Lamarck. Son nom ne venait qu'en second dans la liste des associés, mais c'était lui le fondateur de la firme.

— Il est mort en 1935 ?

— Il faut toujours un certain temps pour rompre des liens de cette sorte.

— Et vous, quand les avez-vous rompus ?

— Un peu avant la guerre. Vers 1940, il me semble.

— Mon père travaillait-il encore chez vous, à cette époque ?

— Il nous a quittés à ce moment-là. Je crois même qu'il a quitté la ville.

— C'était bien l'année du procès Kapp, n'est-ce pas ?

— Vous voulez parler d'Eddie Kapp ? Oui, en effet, je me souviens de cette histoire de fraude fiscale... Mais vous devez comprendre que tout cela remonte très loin...

— A-t-il été libéré depuis ?

— Kapp ? Je n'en ai pas la moindre idée. Vous pensez qu'il peut être pour quelque chose dans la mort de votre père ?

— En mourant, papa a prononcé son nom : « Kapp »... Il n'a pas pu en dire plus.

— Etes-vous certain que c'était bien cela qu'il voulait dire ?

— Non, mais c'est probable. Mac Ardle pourrait-il le savoir ?

— Savoir quoi ?

— Si Kapp était déjà libéré à ce moment-là.

— J'en doute fort. Mais vous désirez sans doute lui parler ?

— Oui.

Il hocha la tête.

— Je vais lui téléphoner. Je suis certain qu'il ne refusera pas de s'entretenir avec vous. Nous aimions tous beaucoup Willard. C'était un remarquable avocat en dépit de sa jeunesse. Et un joyeux luron, avec sa tignasse rousse d'Irlandais ! (Il adressa un signe de tête à Bill.) Vous lui ressemblez beaucoup. (Son regard revint se poser sur moi.) Vous, en revanche, vous ressemblez davantage à Edith. Vous avez les mêmes cheveux blonds, la même forme de visage...

— On me l'a déjà dit.

— A vos propos de tout à l'heure, j'ai cru comprendre que votre mère était morte ?

— J'avais deux ans. Elle est morte à Binghamton.

— Oui, en effet, c'est là que votre père était allé s'installer. Il aurait dû rester à New York : c'est ici que son talent pouvait trouver à s'exercer pleinement. Il ne plaidait que des dossiers d'affaires, mais au tribunal, il avait une présence exceptionnelle.

— A Binghamton aussi, il s'est occupé d'affaires de société, mais sur une toute petite échelle. Vous disiez que votre clientèle avait maintenant complètement changé ?

— Oui. Nos clients sont maintenant des armateurs, des fabricants de conserves... Presque exclusivement des sociétés anonymes.

— C'est Mac Ardle qui a défendu Kapp, poursuivi pour fraude fiscale, n'est-ce pas ?

— Oui, je crois, en effet.

— Mon père s'est-il trouvé mêlé à cette affaire ?

— C'est probable. C'est lui qui s'occupait des dossiers de Kapp.

— Comment cela ?

— Eh bien, chez nous, voyez-vous, chacun suit un certain nombre de clients et s'occupe pratiquement de toutes ses affaires. Nous sommes un peu comme des médecins de famille... Mais dans cette affaire de fraude fiscale, il en est allé autrement. Non pas que Willard Kelly n'eût été tout aussi capable que n'importe lequel d'entre nous de s'en occuper mais, à l'époque, Kapp était un client très important. Il avait paru nécessaire qu'un des principaux associés s'occupe personnellement de lui.

— Quels étaient les autres clients réguliers de mon père ?

— Franchement, je n'en ai aucune idée.

— Mais vos dossiers ?

Il hocha la tête.

— Nous ne les conservons pas plus de quinze ans, vingt ans dans certains cas assez rares, je dois le dire. Et cela fait plus de vingt ans que votre père nous a quittés.

— Si vous aviez eu alors le même genre de clientèle qu'aujourd'hui, auriez-vous gardé leurs dossiers ?

— Très probablement, dit-il avec un mince sourire de ses lèvres closes.

— Vous souvenez-vous de Morris Silber ?

— Ne s'agit-il pas de cette affaire à propos de laquelle le *Times* a consacré une notice à votre père ?

— C'est ça.

— Je regrette. Même alors, ce n'était pas un client important à nos yeux. Je n'ai pas la moindre idée de l'endroit où il peut se trouver. Je ne sais même pas s'il est encore de ce monde.

— Mais c'était mon père qui avait la charge de son dossier ?

— Oui, bien entendu.

— Vous ne vous rappelez aucun autre nom ?

Large sourire, toutes dents dehors, mains ouvertes, tremblant légèrement au bout de leurs manches.

— Cela remonte si loin...

— Oui, bien sûr ! Vous m'avez dit tout à l'heure que vous téléphoneriez à Mac Ardle père ?

— Mais certainement.

La conversation avec Mac Ardle dura quelques minutes. Krishman appelait son associé Andrew, mais sans user d'un diminutif familier. Il ne lui dit rien de bien remarquable.

— Avez-vous une voiture ? nous demanda-t-il quand il eut raccroché.

— Oui, dit Bill ouvrant la bouche pour la deuxième fois.

— Il habite Long Island, nous expliqua Krishman. Après Kings Park, sur la rive nord. Il possède une propriété là-bas.

Il donna toutes les indications nécessaires à Bill, y compris le numéro des routes à suivre, et Bill le remercia d'un signe de tête, tandis que nous nous levions pour prendre congé. Je le remerciai à mon tour pour ses renseignements, et il félicita rétrospectivement notre père d'avoir donné le jour à des garçons aussi bien que nous.

Arrivé à la porte je me retournai.

— Jusqu'en 1940, c'est-à-dire jusqu'à la date où vous avez changé l'orientation de votre firme, à peu près combien de criminels professionnels avez-vous aidés à échapper à la justice ?

— Je n'en ai aucune idée.

— Une centaine ?

— Oh ! certainement beaucoup plus, fit-il sans desserrer les lèvres.

— Vous ne craignez pas d'avoir des ennuis avec la justice ?

— Après si longtemps ? Vous plaisantez !

— Et vous ne serez jamais condamné ?

— Jamais. De cela je suis absolument sûr.

— De toute évidence vos activités n'ont nui ni à votre fortune ni à votre position sociale. Avez-vous des ulcères d'estomac, des insomnies, des infirmités quelconques ?

— Non, je vous remercie. Je me porte comme un charme. Mes médecins prétendent que je dépasserai sans doute les quatre-vingt-dix ans. Pourquoi cette question ? où voulez-vous en venir ?

— C'est à mon frère que je pensais, pas à vous. Il a besoin de s'instruire. Il croit encore qu'il y a d'un côté les braves gens, de l'autre des canailles ! Qu'on naît dans un camp ou dans l'autre et qu'on y meurt. Que les braves gens finissent toujours par gagner et les canailles par perdre...

Nouveau sourire, lèvres closes.

— Beaucoup de gens ont cette conviction. Ils y puisent un certain réconfort.

— Jusqu'au jour où ils se font descendre ! ripostai-je.

CHAPITRE VIII

Au bout d'une soixantaine de kilomètres, nous empruntâmes la petite route privée, goudronnée et bien entretenue dont Mac Ardle partageait la jouissance avec deux autres millionnaires. Sa propriété était la dernière des trois, après la fontaine au centre du rond-point où s'achevait la route. Dans le parc, un jardinier noir poussait une tondeuse à moteur. La maison était en brique et en pierre, avec de grandes baies, tout le long de la véranda.

En nous voyant descendre de voiture, le Noir interrompit son travail, ôta son chapeau gris et s'essuya le visage avec un mouchoir blanc. Il avait laissé tourner le moteur de la tondeuse qui, comme tous ces engins, faisait un raffut du diable. Sans jamais nous regarder carrément, le Noir ne nous quittait cependant pas des yeux.

Nous montâmes une allée sablée et essayâmes d'ouvrir la porte en treillis de la véranda. Elle était fermée à clef et il n'y avait pas de sonnette. Je secouai la porte, j'appelai à tue-tête, et un type en veste blanche, une serviette à la main, finit par se montrer. Il nous dévisagea à travers le treillis métallique.

— Je m'appelle Kelly, dis-je. On nous attend.

Il nous désigna du doigt la partie du parc qui se trouvait vers sa droite.

— Ils sont là-bas, sur la plage, dit-il.

Et, là-dessus, il nous tourna le dos.

La maison était adossée à un petit bois en demi-lune. Nous prîmes un sentier à gauche de la maison, qui descendait à travers les arbres. Derrière nous, le nègre avait remis son mouchoir dans sa poche et repris son travail.

Le son d'une voix nous parvenait, à travers les arbres. Par endroits, on voyait scintiller le bleu de l'océan.

Nous débouchâmes sur une étroite bande de gazon où l'ombre des arbres jetait des taches plus foncées. Plus bas, sur la gauche, une plage de galets ronds descendait jusqu'à la mer. Une petite fille blonde, en barboteuse, était accroupie dans l'eau et s'amusait à remplir et à vider sur ses genoux un petit seau vert. Quatre personnes, assises sur des chaises de jardin en lattes blanches, la regardaient faire. Sur la droite, derrière un fourré d'arbustes épineux, un appontement de bois blanc s'avançait de biais dans l'océan. Un canot à moteur était amarré à l'un des piliers et se balançait doucement. Un garçon et une fille d'une vingtaine d'années se hissaient sur un radeau ancré à quelque distance du rivage et replongeaient aussitôt.

La blonde d'une trentaine d'années, en maillot de bain blanc, devait être la mère de la petite et la sœur d'un des jeunes gens qui jouaient sur le radeau. Ses parents étaient sans doute le couple entre deux âges, en tenue de ville, d'allure banale. L'homme devait être le père du Mac Ardle que j'avais rencontré au bureau. Il lui ressemblait en plus vieux et en plus robuste, mais il n'avait pas l'air d'un homme de loi. Le vieillard chauve et obèse qui portait des vêtements de sport d'adolescent était sans doute Andrew Mac Ardle.

Je m'arrêtai une seconde pour l'observer. Les manches courtes de sa chemise blanche découvraient deux bras flasques à la peau blême veinée de bleu. Sa chemise, ouverte au col, laissait voir une chair grise plissée sur une pomme d'Adam qu'agitaient des soubresauts convulsifs. Il n'avait pour ainsi dire pas de thorax et sa chemise se tendait directement sur un ventre rond comme une outre. Un pantalon beige recouvrait deux jambes squelettiques, terminées par des pieds nus qui semblaient des moulages de plâtre.

La tête renversée, les paupières closes, la bouche ouverte, il respirait bruyamment.

La voix que j'avais entendue de loin était celle de l'homme entre deux âges. En nous voyant il s'interrompit net pour nous dévisager. Les femmes se tournèrent elles aussi vers nous, mais la jeune femme blonde reporta bientôt son attention sur la petite fille. Sur leur radeau les jeunes gens s'immobilisèrent, les bras ballants, pour nous observer de loin. Seule, la petite fille ne nous prêta pas la moindre attention et continua à s'asperger en riant.

Le vieil homme avala sa salive, tourna péniblement la tête à droite et à gauche et ouvrit les yeux. Il dévisagea Bill.

— Tiens, voilà Willard ! dit-il d'une voix croassante qui avait dû être jadis un sonore baryton.

Je me dirigeai vers le groupe, suivi de près par Bill.

— Mr. Krishman a dû vous téléphoner ? commençai-je.

Il parut alors s'apercevoir de ma présence, et je vis, dans son regard, qu'il s'efforçait de retrouver la notion du présent.

— Oui... en effet, dit-il. Rentre à la maison, Arthur ! Vous autres aussi. Tout le monde !

La femme entre les deux âges arbora un sourire d'esthéticienne.

— Tu ne devrais pas t'agiter comme ça, papa, c'est mauvais pour toi.

Elle se leva et alla se pencher sur lui, comme pour bien faire voir à tout le monde combien elle était attentionnée, alors qu'elle semblait surtout craindre de l'étrangler malgré elle.

— Surtout ne parle pas trop longtemps ! recommanda-t-elle.

— Allons, viens donc, trancha le nommé Arthur.

— Linda ! cria la jeune femme blonde à sa petite fille. Viens ici.

Ils remontèrent tous à la plage. La blonde fermait la marche ; elle força la petite fille à vider l'eau de son seau et ils disparurent bientôt sous les arbres.

Le vieux nous dit de nous asseoir. La tête toujours renversée en arrière, appuyée sur un coussin de toile passée décoré d'un motif de fleurs, il nous regardait de biais. Sa respiration était rauque, et on distinguait à peine ses paroles.

— Votre père est mort, dit-il d'une voix neutre.

— Je m'intéresse à Eddie Kapp, précisai-je aussitôt.

— On l'a mis en prison, il y a bien des années. (Sa tête se balança lentement d'avant en arrière.)

Avec les tribunaux fédéraux, ce n'est pas du tout la même chose, mon pauvre Eddie...

— Est-il encore en prison ?

— Qui donc ?

— Eddie Kapp.

— Je crois... Je ne sais pas... Je suis à la retraite, jeune homme ! Fini tout ça. Je... (Ses yeux, aussi incertains que sa pensée, se posèrent à nouveau sur Bill et il fronça les sourcils.) Vous ici, Willard ? Vous avez eu tort de venir, vous le savez bien !

Bill prit peur tout à coup.

— Mais non, dit-il... Vous me prenez pour mon père.

La remarque fit perdre le fil de ses idées au vieux. Son visage se referma. Puis il parut se souvenir de ce qu'il venait de dire, et il me fixa avec méfiance.

— Pourquoi aurait-il eu tort de venir ici ? lui demandai-je.

— Qui ça ? De qui parlez-vous ? Je suis à la retraite ! A mon âge... Et j'ai le cœur malade...

— Mon père n'aurait pas dû venir à New York, n'est-ce pas ? Pourquoi ?

— Je ne sais pas... Ma mémoire me joue souvent des tours. Je ne sais pas toujours très bien ce que je dis...

Ruisselants, le jeune homme et la jeune fille émergèrent de l'eau. Mac Ardle détourna la tête pour leur lancer un regard mauvais.

— Filez à la maison ! ordonna-t-il. Et ne revenez pas ici. Ceci ne vous regarde pas.

— Bon, ça va, on y va, dit la jeune fille d'un ton impertinent.

On sentait qu'elle avait toujours eu de l'argent et qu'elle se moquait de l'héritage.

— Viens, Larry, ajouta-t-elle.

Ils prirent leur temps pour rassembler leurs affaires.

— Vous pourriez peut-être vous presser un peu ? glissai-je.

La jeune fille fut sur le point de me décocher une insolence, à moi aussi, mais elle y renonça. Elle jeta une serviette éponge sur ses épaules, alluma une cigarette et mit ses lunettes noires. Elle paraissait dépitée. Vexé de ne pas être dans le coup, le jeune homme prit un air méprisant, bomba le torse, et lui emboîta le pas.

Après leur départ je me retournai vers Mac Ardle.

— Qui pourrait me dire si Eddie Kapp a déjà été libéré ou non ? demandai-je.

— Je ne sais pas... Tout cela remonte si loin... (Ses yeux s'embrumèrent, puis s'éclaircirent à nouveau.) Peut-être sa sœur, Dorothée... Elle a épousé le directeur d'une chaîne de supermarchés...

— Vous savez son nom de famille ?

— J'essaie de m'en souvenir... Carter... ou quelque chose comme ça. Castle... Kimball... Campbell... Oui, c'est ça ; Robert Campbell.

J'inscrivis le nom sur mon carnet.

— Il habitait New York ? demandai-je.

— Il dirigeait un supermarché dans Brooklyn. Est-ce qu'il n'était pas tchèque ? Je ne sais plus... En tout cas, il était jeune ; elle aussi, du reste ; beaucoup plus que son frère. C'était une jolie fille avec des cheveux noirs... beaucoup d'éclat...

Il retombait dans ses rêveries.

— Qui donc a conseillé à Willard Kelly de ne jamais remettre les pieds à New York ? demandai-je.

— Quoi ? Quoi ? (Sa tête se souleva à demi du coussin, puis y retomba.) Ne criez donc pas comme ça, protesta-t-il, la respiration plus bruyante tout à coup. Je suis vieux et ma mémoire me trahit. J'ai le cœur malade… Ne faites pas état de ce que je pourrais vous dire. J'aurais dû dire non à Samuel… J'aurais dû refuser…

— A Samuel Krishman ? Parce que lui, il ne sait pas toute la vérité, hein ?

Son ventre tressauta dans un éclat de rire silencieux.

— Il n'a jamais rien su, l'imbécile !

— Mais vous, vous la connaissez ?

Il recommença à se plaindre de son grand âge.

— Dites-moi qui a conseillé à Willard Kelly de ne pas revenir à New York, insistai-je.

— Je ne sais pas.

— Qui a recommandé à Willard Kelly de ne pas revenir à New York ? fis-je pour la troisième fois.

— Non, non…

— Dis-le-moi, ou je te tue ? grondai-je sans élever la voix.

— Je suis un vieillard…

— Tu vas crever ! Ici même ! D'une seconde à l'autre.

— Laissez-moi tranquille… Ne réveillez pas le passé.

Je penchai la tête en cachant mon visage dans mes mains et j'ôtai discrètement mon œil de verre. Je fermai l'œil gauche, ce qui me rendit momentanément aveugle et je gardai ma paupière droite ouverte, ce qui exigeait du reste un gros effort maintenant que mon œil de verre n'était plus dans mon orbite.

Rabaissant alors mes deux mains sur mes genoux, l'œil gauche toujours fermé, je relevai mon visage vers lui.

— Comme ça, je peux voir ton âme, dis-je en souriant. Elle n'est pas belle !

J'entendis un hoquet. Je rouvris l'œil gauche et je vis le vieillard suffoquer. Les yeux exorbités, la bouche ouverte, il étouffait, et son visage devenait violet. Je remis mon œil de verre en place.

Bill s'était déjà élancé sur le sentier en appelant la famille à grands cris.

CHAPITRE IX

J'avais seulement voulu l'effrayer. Il avait peur de mourir et je pensais qu'il aurait fini par parler. Je ne me doutais pas que la vue de mon orbite vide lui ferait un tel effet. Je n'avais pas voulu le tuer...

Nous dûmes attendre le médecin, avant de repartir. Je leur expliquai que mon père avait travaillé autrefois pour la firme Mac Ardle, Lamarck et Krishman. Je leur dis qu'il était mort récemment, mais sans leur préciser dans quelles conditions. Je leur racontai qu'il nous avait recommandé d'aller voir ses anciens patrons le jour où nous aurions besoin d'un coup d'épaule pour démarrer dans la vie.

Ils gobèrent mon histoire. Après tout, elle était plausible. Bill m'écoutait, mais il n'osait pas me regarder. Il croyait que je l'avais fait exprès.

Pendant que nous attendions ainsi, je bavardai avec Karen Thorndike, la jeune femme blonde. Elle était bien la fille d'Arthur et de la femme au sourire d'esthéticienne, comme je l'avais supposé. Elle était divorcée.

— Vous auriez tort de vous établir à New York, me dit-elle.

— Pourquoi donc ?

— Là-bas, c'est un vrai panier de crabes. Tout le monde cherche à monter sur le dos des autres.

— Quand vous dites cela, c'est à Jerry Thorndike que vous pensez, protestai-je. Vous avez été échaudée, d'accord, mais tout le monde n'est pas comme votre premier mari.

— A New York, si !

La petite Linda, qui s'était approchée, se mit à nous poser des questions stupides. Elle était comme sa mère : très séduisante tant qu'elle n'ouvrait pas la bouche. Je songeai un instant à retirer mon œil de verre tout exprès pour elle, mais je ne donnai pas suite à ce projet.

Le médecin était un aimable colosse. Ses clients devaient le payer dans l'espoir de lui ressembler. Il s'appelait Heatherton. Il me demanda de quoi nous parlions au moment où le vieux avait eu sa crise. Je lui dis que nous discutions du climat de New York.

Au fond, personne n'était véritablement bouleversé. Mac Ardle avait quatre-vingt-deux ans, et tout le monde attendait qu'il claque depuis longtemps. Au bout d'un moment, je demandai au médecin si nous pouvions nous retirer. Il ne fit pas d'objection.

Sur la petite route privée, nous croisâmes un beau corbillard gris qui allait chercher son client en ronronnant discrètement.

Il n'était pas encore trois heures, mais c'était un vendredi après-midi, et la circulation était assez dense en direction de la ville. La plupart des voitures étaient des tout derniers modèles.

Nous roulâmes un moment en silence. J'allumai une cigarette, et la tendis à Bill.

— Non, merci, dit-il, sans quitter la route des yeux.

Je me coinçai la cigarette entre les lèvres.

— Fais pas l'idiot, dis-je. Je n'avais pas l'intention de le tuer.

— Tu venais pourtant de lui dire le contraire !

Il regardait la route d'un air morose.

— Tu l'avais prévenu, et tu as mis ta menace à exécution. Franchement, Ray, je ne te reconnais plus. Ça doit être l'armée qui t'a changé... ou l'Allemagne...

— Ou la mort de papa !

— D'accord. Ça se peut. Mais moi, ça ne me plaît pas. Tu pourras garder pour toi tout l'argent que j'ai déposé à la banque, mais j'aurai besoin de ma voiture. Je retourne à Binghamton.

— Alors, tu renonces, c'est ça ?

— Je dirai un mot à Kirk en passant. Tu sais, c'est le flic de la police d'Etat...

— A quel sujet ?

— Je ne lui parlerai pas de toi, n'aie pas peur. Je n'ai pas l'intention de te moucharder.

— Oh ! je n'étais pas inquiet ! Je lui demanderai seulement où en est leur enquête.

— Au point mort, sois tranquille ! ça fait bientôt deux mois que papa s'est fait descendre. A l'heure qu'il est, ils n'ont pas le moindre indice, pas une piste, rien. Non, mets-toi bien ça dans la tête : ce compte-là, c'est nous qui le réglerons, et personne d'autre.

— Je ne peux plus rester avec toi. Ce n'est pas possible, si tu dois recommencer des coups pareils.

— Je t'ai déjà dit que c'était une coïncidence. Je ne voulais pas le tuer.

— Mais oui, bien sûr…

— Que tu es naïf, Bill ! Tu as beau avoir trois ans de plus que moi, tu n'es qu'un enfant. Ce type-là savait qui avait forcé papa à quitter la ville. Tu as bien entendu ce qu'il a dit ?

— Oui, j'ai entendu.

— Je te dis qu'il connaissait la vérité. Si tu crois que ça me fait plaisir qu'il soit clamsé…

Il réfléchit un moment en fixant la route sans rien dire. Puis il me jeta un regard en coin et je pris un air innocent.

— Mais alors, pourquoi as-tu fait ça, bon Dieu ?

— Je voulais lui faire peur. Je ne pensais pas qu'il allait en claquer. Il est de fait que je ne devais pas être beau à voir, hein ?

Un vague sourire détendit un instant ses traits.

— Tu ne peux pas savoir comme tu étais horrible, dit-il. Moi aussi, j'ai failli avoir une attaque. Tu étais encore un peu plus moche que d'habitude, quoi ! conclut-il en souriant, franchement, cette fois.

— Tu veux une cigarette ? lui proposai-je.

— Oui, je veux bien.

De retour à notre hôtel, nous nous reposâmes un moment. Puis nous allâmes dîner et nous remontâmes dans notre chambre une nouvelle provision de whisky et de cigarettes. Pour tuer la soirée, on a fait une belote à un *cent* le point. C'est Bill qui a gagné.

CHAPITRE X

Le lendemain matin, Johnson repassa à l'hôtel. Il tenait absolument à nous voir. Je lui dis de nous attendre en bas pendant que nous nous habillions. Nous emmenâmes Johnson déjeuner dans un snack de Broadway. Bill et moi nous commandâmes des œufs mais notre privé à la manque se contenta d'un café noir.

Quand il fut servi, Johnson se mit à tourner machinalement sa cuiller dans sa tasse pendant cinq minutes tout en parlant.

— Il faut que je vous rencarde un peu sur mon compte, commença-t-il. En fait, je suis une agence de police privée à moi tout seul. Il me tombe en moyenne une ou deux affaires par mois — juste de quoi payer mes factures. L'année dernière, je me suis fait trois mille sept cents dollars en tout. Je déteste le métier que je fais et je me demande tous les jours pourquoi je m'obstine. Tout à fait comme le petit épicier de quartier, qui a sa boutique à côté d'un supermarket et préfère végéter plutôt que de fermer et de s'engager comme vendeur dans un prisunic... Vous savez ce que c'est : on attend un coup de chance comme dans les romans feuilletons...

Il cala sa cuiller entre son pouce et le bord de sa tasse et se mit à boire en me regardant.

— La plupart du temps, continua-t-il, mon métier consiste à rester le cul sur une chaise, en attendant qu'une affaire me tombe du ciel. Je m'emmerde à cent sous de l'heure. Alors, de temps en temps, je m'intéresse à autre chose... A vous deux par exemple. Vous êtes de la province, le type même de l'Américain moyen.

« Vous n'êtes pas de riches oisifs, et vous avez trop de hargne contre le monde entier pour être des escrocs. Vous m'avez payé cash. Vous avez retenu votre chambre à la semaine pour qu'elle vous coûte moins cher, donc vous comptez séjourner quelque temps à New York, mais pas assez longtemps pour penser à louer un appartement, ou chercher une situation... »

Il avala une nouvelle gorgée de café. Lorsque le manche de la cuiller venait lui creuser la joue, il avait l'air d'un loup affamé. Mais, le reste du temps, il semblait plutôt inoffensif.

— Vous n'êtes pas le genre commis voyageur, et je n'ai rien vu dans votre chambre qui laisse supposer que vous soyez employés par quelqu'un : pas de valise d'échantillons, pas d'enveloppe à en-tête de votre maison, rien de tout ça. Vous sortez de chez vous en fin de matinée, vous passez toute votre journée dehors, et le soir, vous buvez bien tranquillement dans votre chambre. Quand l'un de vous m'engage pour vérifier un numéro minéralogique, l'autre se fout en rogne, parce qu'il tient à ce que personne ne soit au courant de vos petites affaires. Je découvre que le numéro en question est celui d'une bagnole volée, et aussi sec on me donne mon congé...

— Pourquoi ne pas l'avoir pris ? coupai-je.

Il haussa les épaules.

— Je vous l'ai déjà dit : parce que j'ai un bureau miteux dans un quartier miteux, et que ça me fout le cafard. Vous m'intriguiez, tous les deux, et je me suis renseigné sur votre compte. (Il sourit, ce qui lui redonna à nouveau son expression de loup affamé.) Vous vous appelez Willard et Raymond Kelly, reprit-il. Vous êtes les fils d'un avocat spécialisé dans la défense de la pègre et qui a quitté la ville depuis un bout de temps. C'est pour le compte de votre père que vous travaillez ?

— Il est mort.

— Ah !... Je vous demande pardon.

— Pas de quoi.

J'achevai ma tartine et j'avalai ma dernière goutte de café tandis qu'il se rongeait pensivement un ongle. Gaffeur, mais perspicace, le gars. J'aurais dû m'en aller et pourtant je restai sur ma chaise. Bill nous alluma des cigarettes. Brusquement Johnson cessa de se mordiller le doigt.

— Alors ? dit-il en me regardant avec un nouveau sourire. Vous me dites tout, ou je continue à fouiner de mon côté ?

— Soit, dis-je. Il a été abattu d'un coup de revolver.

— Je vois... Je savais bien que vous cherchiez quelque chose, mais je ne voyais pas encore de quoi il s'agissait au juste. (Il se pencha en avant.) Oh ! je sais bien, je ne suis qu'un détective de dix-huitième ordre, qui arrive tout juste à gratter chaque année de quoi payer sa patente ! N'empêche que je fais ce métier depuis douze ans ! Je connais un tas de types un peu partout. Je sais comment chercher et où chercher. Je pourrais peut-être vous faire gagner du temps.

— Pourquoi est-ce qu'on vous ferait confiance ?

— Justement parce que je suis un privé minable. Pauvre, mais honnête, voilà ma devise. Ça me plairait, pour une fois, de faire un boulot qui m'intéresse.

Je me mâchonnai l'intérieur de la joue.

— Je ne vois pas du tout ce que nous pourrions vous donner à faire...

— Parlez-en tous les deux, dit-il avec un sourire amer. Vous ne me trouverez probablement pas à mon bureau, mais vous n'aurez qu'à laisser un message au service des abonnés absents. A condition, bien sûr, que vous ayez besoin de moi...

Il se leva, prit sa fiche, et après un signe de tête, nous planta là.

— Moi j'ai confiance en lui, Ray, me dit Bill. Il me fait bonne impression.

— Je ne demanderais pas mieux que de lui faire confiance, répliquai-je, mais je n'en ai pas la moindre intention.

— Il pourrait nous être utile.

— On s'occupera de ça le moment venu, dis-je en allumant une nouvelle cigarette.

Nous réglâmes notre addition et sortîmes.

— Ecoute, dis-je à Bill, tu vas passer à la bibliothèque et tu chercheras son nom dans les tables du *New York Times.* Il nous a dit qu'il travaillait ici depuis douze ans : ce serait bien le diable si on n'avait pas parlé de lui une ou deux fois. J'aimerais vérifier ses antécédents.

Je lui indiquai le chemin de la bibliothèque et regagnai notre chambre.

Je n'y étais pas depuis une demi-heure que Krishman me téléphona. Il était furieux, mais parvenait néanmoins à se maîtriser.

— Je viens d'apprendre par le journal qu'Andrew Mac Ardle est mort, commença-t-il.

— C'est exact. Crise cardiaque.

— Etes-vous pour quelque chose là-dedans ? Je veux savoir toute la vérité. Vous vous trouviez là-bas ?

— En effet.

— Andrew n'était pour rien dans la mort de votre père.

— Et moi, je ne suis pour rien dans la mort d'Andrew. Je n'avais aucune raison de souhaiter sa mort. Il savait quelque chose qu'il aurait pu m'apprendre, s'il avait vécu.

— Que voulez-vous dire ? A propos de quoi savait-il quelque chose ? Ne dites donc pas de bêtises.

— En 1940, quelqu'un a conseillé à mon père de quitter New York, et Mac Ardle savait son nom.

— C'est ridicule.

— Il m'a dit aussi que vous étiez un imbécile et que vous n'aviez jamais été au courant de rien.

— Quoi ? Vous inventez ! Jamais Andrew ne vous aurait dit une chose pareille.

— Bonsoir, lançai-je, et je raccrochai.

Un peu plus tard, Bill me rappelait.

— J'ai trouvé deux trucs. D'abord un procès en divorce. Johnson accompagnait un mari trompé qui voulait surprendre sa femme dans une chambre d'hôtel, mais quelqu'un avait assassiné la femme avant leur arrivée. Il a été cité comme témoin, mais c'est tout.

— O.K. Est-ce qu'on citait des noms de policiers ?

— Oui. Celui de l'inspecteur Winkler, de la Brigade Criminelle.

— Winkler, répétai-je, en notant le nom. Et l'autre truc, qu'est-ce que c'est ?

— Sa voiture a explosé, il y a environ trois ans. C'est un flic qui était au volant, un nommé Linkovitch. On n'a trouvé aucune explication à l'accident.

— O.K. Je vais téléphoner à ce Winkler. Rappelle-moi un peu plus tard. Ça date de quand cette histoire ?

— L'affaire de divorce ? Il y a quatre ans. En avril ou mai, je ne me souviens plus au juste.

Il me fallut un certain temps pour toucher Winkler.

— Johnson ? répéta-t-il enfin. Un détective privé ? Non, je ne vois pas...

— Une femme a été trouvée assassinée dans une chambre d'hôtel voici quatre ans, précisai-je. C'est son mari et Johnson qui l'ont découverte. Ils voulaient la pincer en flagrant délit. Pour un divorce.

— Ah ! oui, en effet, Edward Johnson... dit-il. Je me souviens vaguement de lui. Pourquoi ?

— Voilà. Je me propose de recourir à ses services, et j'aimerais bien quelques renseignements sur son compte.

— C'est lui qui vous a conseillé de vous adresser à moi ?

— Non, mais votre nom était cité dans l'article du *Times* consacré à cet assassinat.

— Ah ! bon, je comprends. Mais vous savez, je

ne me souviens plus guère de lui... Attendez un instant.

J'attendis. Au bout d'un moment un certain Clark s'annonça au bout du fil.

— Vous demandez si nous pouvons vous donner de bons renseignements sur Edward Johnson ? C'est bien cela ?

— Exactement.

— O.K. Eh bien, nous le considérons comme un type honnête. C'est un tenace, mais il est trouillard. Il obtient des résultats, mais si vous lui proposez un boulot dangereux, ne comptez pas sur lui.

— Est-il honnête, au moins ?

— Oui, sur ce point, je crois que vous pouvez lui faire confiance.

Après l'avoir remercié, je cherchai dans l'annuaire de Brooklyn le numéro de Robert Campbell. Je trouvai deux abonnés de ce nom. Je composai le numéro du premier et demandai Dorothée.

— C'est elle-même, me dit une voix de femme.

— Pardon, c'est une erreur, fis-je en raccrochant aussitôt.

Je notai l'adresse : 652, Vingt-et-unième Rue Est. Je pris un plan de Brooklyn et l'indicateur des rues, repérai celle qui m'intéressait et traçai au crayon un itinéraire sur mon plan.

Bill rentra sur ces entrefaites et nous allâmes prendre la voiture au garage.

CHAPITRE XI

Par miracle, nous trouvâmes une place pour nous garer juste devant le 652, un immeuble de rapport correct mais passablement décrépit. L'entrée s'ornait de grilles en fer forgé, mais il n'y avait pas d'ascenseur. Nous dûmes monter à pied jusqu'à l'appartement à la porte duquel nous sonnâmes.

Dorothée Campbell avait dans les cinquante ans. Grande, solidement charpentée, les cheveux gris, elle avait, elle aussi, un aspect correct et décrépit, comme l'immeuble qu'elle habitait. Elle portait un tablier sur sa robe de chambre et des savates avachies. Son expression était glaciale et on avait l'impression qu'elle allait nous refermer la porte au nez si nos bobines ne lui revenaient pas.

— Bonjour madame, dis-je. Je m'appelle Ray Kelly et voici mon frère Bill. Notre père a été l'avocat de votre frère.

— Mon frère ? répéta-t-elle d'une voix aussi glaciale que son expression. Quel frère ?

Elle secoua la tête.

— Je n'ai pas de frère, dit-elle en commençant à refermer la porte.

— Et nous, nous n'avons pas de père ! ripostai-je.

La porte s'arrêta à mi-chemin.

— Que voulez-vous dire ?

— Que notre père est mort. Il a pu commettre des erreurs regrettables dans sa jeunesse, mais nous ne lui avons jamais tourné le dos pour cela.

— Eddie Kapp a fait de ma vie un enfer, dit-elle avec colère.

Mais elle paraissait plutôt sur la défensive. Je patientai un instant et elle finit par ouvrir la porte toute grande.

— Après tout, si vous y tenez, entrez, fit-elle.

— Merci.

Nous entrâmes et je refermai moi-même la porte. Elle nous précéda dans un living-room minuscule. Les meubles, ternes, semblaient trop grands pour la pièce, et le poste de télévision paraissait presque insolite dans ce décor.

Nous nous assîmes sur un confortable divan vert tandis qu'elle s'installait en face de nous sur un fauteuil assorti.

— Avez-vous connu Willard Kelly ? lui demandai-je. C'était l'avocat de votre frère. On prétend que mon frère Bill, ici présent, lui ressemble beaucoup.

— J'ai huit ans de moins que mon frère, répliqua-t-elle. De toute façon, même si nous avions été du même âge, nous n'aurions pas fréquenté les mêmes gens. Je n'ai jamais eu de contacts avec les copains d'Eddie.

— Il ne s'agit pas exactement d'un de ses copains, mais de son avocat.

Elle hocha la tête avec entêtement. Elle ne voulait même pas penser à ce qui s'était passé en

1940. D'ailleurs, elle n'avait probablement pas de souvenirs à cacher, du moins aucun qui pût nous être utile. Je haussai les épaules avec résignation.

— Savez-vous si Eddie est déjà sorti de prison ? demandai-je.

— Il sort le 15 septembre. Il m'a écrit une lettre, mais je l'ai jetée au panier. Son sort m'est parfaitement indifférent. Il peut moisir en prison, je m'en moque ! Je ne veux pas de son sale argent !

— Il vous a offert de l'argent ?

— Et je n'ai que faire de sa pitié ! Un homme qui a passé vingt-cinq ans en prison, je vous demande un peu ! Et il a le toupet de me plaindre, moi !

Elle s'aperçut brusquement qu'elle était en train de penser tout haut devant des inconnus. Sa bouche se pinça.

— Il est encore à Dannemora ?

— Est-ce que je sais seulement qui vous êtes ?

Je sortis mon portefeuille et le lançai sur ses genoux. Elle parut alors un peu honteuse d'elle-même.

— Je ne sais plus, murmura-t-elle. Parfois je me dis qu'il n'y a pas de justice ici-bas... Je ne sais plus que penser. Je ne sais que faire...

— Il est bien à Dannemora, n'est-ce pas ?

— Si seulement il pouvait y rester ! Je préférerais qu'il ne m'écrive pas. Surtout après vingt-deux ans de silence.

— Et il doit sortir jeudi prochain, c'est bien cela ? Le jeudi 15 ?

— Si tôt que cela ! s'écria-t-elle avec une lueur de désespoir dans les yeux. Mon Dieu ! que vais-je faire ?

— Il voudrait venir s'installer chez vous ?

— Non, il... il voudrait que j'abandonne mon mari, et que j'aille vivre avec lui, sous prétexte que nous sommes frère et sœur. Il m'a écrit que j'étais tout ce qui lui restait comme famille, qu'il avait beaucoup d'argent, et que nous pourrions nous installer en Floride. (Elle parcourut du regard le cadre médiocre où Robert Campbell l'obligeait à vivre.) Ma fille est employée au téléphone, dit-elle soudain en me regardant à nouveau. C'est vrai, c'est bientôt, le 15 septembre. Jeudi prochain... Je ne lui ai même pas répondu. J'ai jeté sa lettre.

Elle tourna la tête vers la fenêtre qui donnait sur un puits d'aération.

Je me levai et traversai la pièce pour reprendre mon portefeuille qu'elle n'avait pas ouvert.

— Je vous remercie, dis-je.

— Oh ! Il n'y a pas de quoi, répondit-elle distraitement, en fixant toujours la fenêtre.

Bill se leva à son tour, et nous nous dirigeâmes vers la porte. Comme je l'ouvrais, elle se retourna et nous dévisagea d'un air pathétique.

— Que vais-je faire ? gémit-elle.

— Ne comptez pas trop sur Eddie !

Elle se mit à pleurer. Nous la laissâmes et regagnâmes notre voiture.

— Où va-t-on maintenant ? demanda Bill.

— Morris Silbert. Je n'ai pas trouvé de notice nécrologique à son sujet, mais il n'y a plus personne de ce nom dans l'annuaire.

— Qui était-ce ?

— Le propriétaire que papa avait si brillamment défendu quand le *Times* a publié un article sur lui.

— Mais mon vieux, ça remonte à trente ans ! Il a dû mourir en Floride depuis belle lurette.

Je tirai une cigarette de mon paquet. Elle s'émietta entre mes doigts et je dus la jeter par la fenêtre avant d'en prendre une autre.

— Je n'arrive pas à reconstituer ce qui s'est vraiment passé, soupirai-je. Ça remonte si loin, toutes ces histoires... Les gens sont morts, ils ont changé, oublié, déménagé... Ils se sont amendés... Ce qui est sûr c'est que papa avait parmi sa clientèle bon nombre de truands. Nous en connaissons au moins deux : Eddie Kapp et Morris Silber. Personne ne sait où sont passés les autres et tout le monde s'en contrefout. Est-ce bien même d'Eddie Kapp que papa a voulu parler avant de mourir ? Et que voulait-il dire ? Qu'Eddie Kapp avait fait le coup ? Qu'Eddie Kapp savait qui avait fait le coup ? Ou encore qu'Eddie Kapp serait dans notre camp ? Nous sommes en plein brouillard. Et personne n'en sait plus que nous.

— Quelqu'un doit forcément en savoir plus long, sans quoi personne ne se serait fait descendre.

— Il se pourrait que Morris Silbert connaisse deux ou trois autres anciens clients de papa. Et eux, à leur tour, en connaîtront peut-être d'autres... Si nous avions un point de départ solide, nous arriverions peut-être à en reconstituer la liste complète.

— Ça nous prendrait un temps fou !

— Le temps, c'est la seule chose que j'aie à revendre !

Je regardai Bill d'un air interrogateur, mais il resta muet.

— Je sais bien que pour toi ce n'est pas la

même chose, repris-je. Tu as ton boulot, ta gosse, une maison, une bagnole, tout le bazar... Moi, je n'ai rien de tout ça.

— Il va même falloir que je retourne là-bas assez rapidement. Je suis désolé, Ray...

— Si seulement nous avions un point de départ !

Il se gratta pensivement le nez.

— Et si on allait voir le type qui a écrit l'article du *Times* ? suggéra-t-il.

De temps en temps, Bill a comme ça des lueurs de génie.

— On retourne à Manhattan ! décidai-je.

CHAPITRE XII

Le journaliste en question s'appelait Arnold Beeworthy. J'avais découvert son nom et son numéro dans l'annuaire du quartier de Queens. Il habitait dans la Soixante-quatorzième Rue. Il n'avait pas un seul homonyme dans tout New York. Je lui téléphonai d'un drugstore et une grosse voix de baryton somnolent me répondit.

— N'auriez-vous pas travaillé autrefois au *New York Times ?* lui demandai-je.

— J'y travaille toujours. Mais bon Dieu ! pourquoi me réveillez-vous à une heure pareille ?

— Il est une heure de l'après-midi, protestai-je.

— Ah ! oui ? Déjà... Bon, alors il faut que je me lève. Attendez une seconde.

J'entendis cliqueter un briquet.

— Alors, reprit la voix, de quoi s'agit-il ?

— Vous avez écrit autrefois un article sur mon père, l'avocat Willard Kelly.

— Moi ? Quand ça ?

— En 1931.

— Aïe ! Mon vieux, ne dites pas de choses pareilles !

— Ce n'était pas vous ?

— Si, c'était bien moi. C'est fou comme le temps passe.

— Puis-je passer chez vous pour parler de cela ?

— Pourquoi pas ? Mais, venez dans l'après-midi. Je pars au journal à huit heures.

— D'accord.

Nous allâmes d'abord déjeuner, et nous allâmes directement à Queens sans repasser par notre hôtel.

Beeworthy habitait une petite maison en briques d'un seul étage, coincée entre une dizaine d'autres du même style.

Une planche grossièrement découpée, peinte en blanc, était fixée sur un piquet au milieu d'une étroite pelouse. Sur la planche, le nom « Beeworthy » était tracé en lettres phosphorescentes.

Une femme entre deux âges, souriante, vint nous ouvrir. Nous nous présentâmes, ajoutant que nous étions attendus.

— Entrez donc. Arnie est en train de ronger un os dans son antre.

La maison, avec ses petites pièces claires et des tas de bibelots partout, aurait séduit un capitaine au long cours à la retraite.

Nous suivîmes la femme au sous-sol, aménagé en salle de jeu entièrement lambrissée de pitchpin. Sur une porte, une pancarte annonçait : « Aboyez fort. » L'inscription avait été tracée à la main, à l'aide d'une règle.

Notre hôtesse frappa, et ce fut derrière la porte que quelqu'un aboya. Elle nous ouvrit.

— Deux Kelly pour toi, annonça-t-elle.

— Rapporte du café, ordonna la voix.

— Je sais, je sais. Comment prenez-vous votre café ? dit-elle en se retournant vers nous.

— Noir, si vous voulez bien. Mon frère aussi.

— Entendu.

Elle remonta au rez-de-chaussée pendant que nous entrions dans le bureau. Arnold Beeworthy était un grand patriarche à la moustache grise et broussailleuse. S'il écrivait déjà dans le *Times* en 1931, il devait avoir maintenant dépassé la soixantaine, mais on lui donnait à peine cinquante ans.

Son « antre » consistait en une petite pièce carrée, encombrée de tables et de classeurs béants, le tout envahi par un bric-à-brac hétéroclite. Le côté droit de la pièce était occupé par un vieux bureau vermoulu avec des poignées de tiroirs dépareillées. Au-dessus du bureau, le mur était tapissé de caricatures, de calendriers, de photos, de boîtes d'allumettes et de notes diverses épinglées dans tous les sens. Une chemise de papier bulle était grande ouverte sur l'amas de paperasses encombrant le bureau.

Le fauteuil pivotant grinça.

— Il est trop tôt pour que je me lève, déclara-t-il en nous tendant une grosse patte. Mais asseyez-vous donc.

Bill prit la chaise de cuisine près de la porte, et je finis par dénicher une chaise longue derrière les doubles rideaux.

— 1931, c'est bien loin, reprit Beeworthy en tapotant son dossier ouvert. Je ne me rappelais même plus l'article auquel vous faisiez allusion. Il a fallu que je le recherche.

Il fit pivoter son fauteuil et frappa de sa paume le flanc du tiroir ouvert.

— Je conserve là-dedans tout ce que j'ai écrit

dans ma chienne de vie. Un jour ou l'autre ça pourra servir. Je ne sais pas trop à quoi d'ailleurs ! Mais en attendant, que puis-je faire pour vous ? (Il braqua un gros doigt vers Bill.) Vous ressemblez à votre père ?

— Je crois, dit Bill. C'est ce que disent les gens.

— Une chose en amène une autre. Quand vous m'avez téléphoné, j'aurais été bien incapable de distinguer un Kelly d'un kilowatt ! Puis, en relisant ce foutu papier, j'ai fini par me rappeler la gueule qu'avait ce salaud de Silber au tribunal. Du même coup, je me suis rappelé son avocat. Il portait un complet bleu, mais j'ai oublié de quelle couleur était sa cravate. En tout cas, je regrette d'avoir écrit ce papier. En ce temps-là, j'étais jeune et idéaliste. J'avais pour amie une petite juive du Bronx, communiste et végétarienne, qui me tenait des discours politiques au plumard. Ça se passait en 1931, notez bien, et en ce temps-là, un communiste, ça ne changeait pas de chemise tous les jours ! Je dois vous dire que je n'ai jamais été doué pour les interviews, parce que c'est moi qui parle tout le temps...

Cette fois, ce fut vers moi que son doigt se braqua.

— Pourquoi êtes-vous tellement en rogne, vous ?

Je me rendis brusquement compte à quel point les muscles de mon visage étaient tendus. J'essayai de me décontracter, mais cela me fit un drôle d'effet, comme si j'avais écarquillé les yeux.

— O.K., reprit-il en riant. Vous avez des ennuis, ça se voit. N'empêche que vous auriez bien tort de vous foutre en rogne pour ce que j'ai pu dire sur votre père, il y a trente ans de ça. Je suppose que vous venez me voir pour une question un peu plus actuelle, non ?

— On a assassiné mon père, ça va faire deux mois lundi, dis-je lentement. Les flics donnent leur langue au chat. A mon avis, c'est la suite d'une histoire qui remonte à 1940. Il nous faudrait des noms pour être sûrs.

Il nous regarda quelques secondes, immobile. Puis, il se leva.

— Je voudrais bien enregistrer cette conversation. Vous n'y voyez pas d'inconvénient ?

— Si !

Il ramena son regard vers moi. Une de ses mains était posée sur le bouton du magnétophone.

— Pourquoi donc ?

— Nous ne voulons pas que les journaux parlent de ça. Nous aussi, nous sommes menacés. Toute notre famille ! Ils ont déjà tué sa femme, il y a trois semaines.

— Deux semaines et trois jours, précisa Bill.

— Bon, alors ceci restera entre nous. Rien ne paraîtra dans aucun journal, sans accord formel ; c'est promis.

Il recula, ouvrit la porte d'un placard métallique et nous montra un rayon chargé de boîtes rouges et noires contenant des bandes magnétiques.

— Je collectionne aussi ces trucs-là, expliqua-t-il. Il y a là-dedans des interviews qui remontent à neuf ou dix ans. Ça ne peut d'ailleurs servir à rien, il n'y a pas un seul personnage connu.

On frappa à la porte. Il aboya une fois de plus, mais sa femme lui cria de venir ouvrir parce qu'elle avait les deux mains occupées.

Bill se leva vivement et alla ouvrir la porte.

Elle portait un plateau rond, décoré d'une

réclame pour une marque de bière. Elle posa les trois tasses sur un coin du bureau que nous dûmes déblayer tout exprès. Elle nous adressa un bon sourire et s'éclipsa sans dire un mot.

— Evidemment, vous devrez me croire sur parole, insista Beeworthy.

Que faire ? J'avais absolument besoin de son concours. Après tout, ce n'était sans doute qu'un collectionneur d'une espèce un peu particulière.

— D'accord, dis-je.

— Parfait.

Il mit son magnétophone en marche et les rouleaux commencèrent à tourner lentement. Il revint s'asseoir à son bureau, repoussa quelques papiers et un micro apparut brusquement.

Il me fit raconter toute notre histoire en détail. Ça m'embêtait de perdre autant de temps, mais après tout c'était moi qui venais lui demander un service.

Ce Beeworthy était un farceur : il savait parfaitement interviewer les gens ! De temps en temps, il me posait une question précise, comblant ainsi les lacunes de mon récit.

— Vous vous y prenez comme des manches, dit-il à la fin. Il faut commencer par découvrir qui tire les ficelles dans le milieu à l'heure actuelle, et rechercher ensuite qui, parmi eux, votre père a connu autrefois. Ça, je pourrais probablement le faire avec plus de facilité que vous. Par de vieux copains d'Eddie Kapp, peut-être... Laissez-moi fouiller un peu dans mes dossiers... Non, pas ici : au journal. Je vous rappellerai lundi. Où logez-vous ?

— Je ne pense pas que vous puissiez tirer un article de tout ça, remarquai-je. Pas un article publiable en tout cas !

Il se mit à rire en tiraillant sa moustache.

— Les journalistes ne sont pas tout à fait tels qu'on les voit au cinéma, dit-il. L'ère du journalisme créateur est passée. Aujourd'hui, une information n'est sensationnelle que si un rédacteur en chef la monte en épingle. Votre histoire, c'est pour moi seul que je la voulais, pour ma distraction et mon édification personnelles. (Il se leva et arrêta le magnétophone.) Je serais beaucoup plus fait pour diriger un petit journal local, poursuivit-il en regardant ses bandes. N'importe où... Dans un petit trou de la Nouvelle-Angleterre, par exemple... Mais je n'ai jamais pu me résoudre à déménager. J'aurais pourtant mieux fait, nom de Dieu ! Bon, je vais m'occuper de ça, promit-il en se retournant vers nous. Où pourrais-je vous toucher ?

— A l'hôtel Amington.

— Entendu, je vous rappellerai lundi.

Il nous raccompagna jusqu'au rez-de-chaussée et sa femme apparut un bref instant pour nous dire au revoir.

— J'espère que vous ne lui avez pas vendu la carte d'une île au trésor ? dit-elle en souriant. Je ne crois pas que je serais de force à le supporter : la dernière m'a suffi !

— Il n'en a pas été question, lui assura Bill avec un sourire.

Beeworthy tendit sa tasse à sa femme.

— Donne-moi donc encore un peu de café, tiens.

Il s'arrêta sur le seuil de sa porte et nous regarda suivre l'allée pour regagner notre voiture. Il avait l'air trop grand et trop gros pour sa maison.

— Je vous rappellerai lundi, répéta-t-il.

CHAPITRE XIII

— Et maintenant, où va-t-on ? me demanda Bill.

— A Manhattan. On va passer chez Johnson.

— Parce que maintenant, tu lui fais confiance ?

— Jusqu'à un certain point, oui. Je ne crois pas qu'il cherche à nous mentir. Il désire sincèrement nous aider, et il faut que je sache en quoi il peut nous être utile au juste.

— Quelle rue as-tu dit ? Tu ferais bien de la chercher sur le plan.

J'ouvris la boîte à gants et en sortis le plan et l'indicateur des rues. La rue n'était pas bien difficile à trouver, mais nous ne pûmes nous garer qu'à une bonne distance de là. Nous fîmes à pied le reste du trajet et prîmes l'ascenseur jusqu'au cinquième étage. C'était un vieil immeuble aux couloirs peints en vert. Le bureau de Johnson se trouvait sur la droite, au numéro 508.

Il se composait d'une seule pièce. Un bureau, un classeur, une corbeille à papiers, deux fauteuils, le tout visiblement acheté aux puces, en constituaient le mobilier. Les murs étaient peints en vert, comme les couloirs. Une fenêtre donnait sur un toit goudronné et bosselé, et le flanc d'une grande bâtisse en briques. Le plafond s'écaillait.

Johnson se tenait debout dans l'angle de la pièce, adossé au mur, un bras appuyé sur le classeur, le visage en sang. Il semblait être dans cette position depuis un long moment.

A notre arrivée, il tourna lentement la tête vers nous.

— Salut, dit-il d'une voix basse et fêlée, en articulant ses mots avec peine, tant ses lèvres étaient enflées. J'allais vous téléphoner, ajouta-t-il.

Nous le prîmes chacun par un bras et l'aidâmes à s'asseoir derrière son bureau.

— Où sont les w.-c. ? lui demandai-je.

— A gauche.

Je suivis le couloir dans la direction indiquée et trouvai ce que je cherchais. Le carrelage était noir de crasse. Je pris une poignée de serviettes de papier, en mouillai quelques-unes sous le robinet et revins dans le bureau.

Bill avait sorti une bouteille d'un tiroir et remplissait un verre.

— Attends que je lui lave d'abord la figure, dis-je.

Johnson poussa un grognement de douleur quand je lui frottai le visage, d'abord avec les serviettes mouillées puis avec les sèches. Le salaud qui l'avait interviewé devait porter une chevalière, car le pauvre avait les joues et la bouche zébrées de courtes estafilades. Bill lui tendit le verre.

— Merci, dit Johnson.

Je versai un peu d'alcool sur deux serviettes.

— Ne bougez pas, lui recommandai-je quand il eut reposé son verre.

Il voulut bondir en arrière quand j'appliquai les serviettes sur ses écorchures, mais je lui maintins la tête de force.

— Nom de Dieu ! hurla-t-il. Oh ! nom de Dieu !

— Allez, buvez un bon coup maintenant, lui dis-je quand j'eus terminé.

Il obéit et Bill lui tendit une cigarette tout allumée. Les mains de Johnson tremblaient.

— Quand est-ce arrivé ? demandai-je.

— Une demi-heure... un quart d'heure... Je ne sais pas... Je suis resté là, à attendre...

— Pourquoi vouliez-vous nous téléphoner ?

Il eut un geste vague pour désigner son visage.

— C'est à cause de vous qu'ils m'ont fait ça ! Ils voulaient que je leur dise où vous étiez.

— Et vous le leur avez dit ?

Il regarda ses mains.

— Pas tout de suite, murmura-t-il.

— Ça ne fait rien. Justement, nous aussi, on les cherche. Vous avez bien fait de les renseigner.

Il vida son verre et il tendit aussitôt la main vers la bouteille.

Il but avidement, à même le goulot.

— Comment ont-ils pu savoir que vous étiez en rapport avec nous ? Ils ne nous ont sûrement jamais vus ensemble, sans quoi ils auraient su où nous trouver. Vous avez parlé de nous à quelqu'un ?

Il toussota en tirant une bouffée de sa cigarette.

— A une demi-douzaine de gens au moins ! D'abord à deux flics de ma connaissance, puis à un journaliste — un type qui travaille dans une grande agence de presse...

— C'est sûrement l'un d'eux. Il faut que

vous découvriez lequel. Vous avez besoin d'argent ?

— Pas pour l'instant. Plus tard, peut-être... Quoique, si vous pouviez m'avancer vingt dollars...

Sur un signe de tête que je lui adressai, Bill sortit son portefeuille et remit deux billets à Johnson.

— Agissez le plus vite possible, lui recommandai-je. Et ne craignez pas de trop parler. S'ils reviennent vous voir, répondez à toutes leurs questions. C'est sans importance...

— Entendu.

— Téléphonez-nous à notre hôtel dès que vous aurez découvert quelque chose. Si nous ne sommes pas là, laissez un message.

— Vous n'allez pas changer d'adresse ?

— Pour quoi faire ? Je vous l'ai dit, nous tenons autant qu'eux à les rencontrer.

Il hocha la tête.

— C'est qu'ils sont mauvais, les salauds !

— Vous êtes un peu requinqué, maintenant ?

— Oui, ça peut aller.

Après l'avoir quitté, nous allâmes dans le centre et nous prîmes une chambre dans un hôtel situé à une bonne quarantaine de rues de l'Amington. Le soir, quand j'appelai l'Amington, on nous dit que personne n'avait laissé de message pour nous. J'envoyai le garçon nous acheter un jeu de cartes et nous tuâmes le temps comme nous pûmes dans notre piaule. Attendre, c'est tout ce qu'on pouvait faire.

CHAPITRE XIV

Le lendemain, Bill me réveilla à une heure de l'après-midi. Il était déjà allé chercher des sandwichs et du café. Nous déjeunâmes tranquillement, puis je repassai un coup de fil à l'Amington. Toujours pas de message pour nous. Bill s'assit sur le lit et battit les cartes pour entamer une nouvelle belote. Il restait debout et je tournais dans la chambre comme un ours en cage entre chaque donne.

A trois heures moins le quart, je descendis prévenir la réception que nous gardions la chambre une nuit de plus et payai d'avance. Puis, je remontai. Mais au bout d'un moment, j'étais si énervé que je pris les cartes que Bill venait de donner et les déchirai en deux. Plus tard nous sortîmes boire une bière.

— Je crois que nous pourrions aller chercher nos valises maintenant, me dit Bill. Qu'en penses-tu ?

Je haussai les épaules.

— Allons-y ! N'importe quoi, pourvu qu'on fasse quelque chose.

Nous sortîmes la voiture du garage et Bill prit le

volant. Assis à côté de lui, je fumais à la chaîne, cigarette sur cigarette.

Nous garâmes la bagnole dans un parking et revînmes vers l'Amington par des rues détournées de façon à arriver par-derrière. Il y avait là, adossé à l'hôtel, une teinturerie, une toute petite boutique ouverte même le dimanche, pour les touristes. Une jeune et jolie négresse, en uniforme vert, était debout derrière le comptoir.

— Nous appartenons au service d'entretien de l'hôtel, lui dis-je. Nous avons quelques vérifications à faire et il faudrait que nous passions dans votre cave.

— Allez-y, dit-elle en haussant les épaules.

Je jetai un regard circulaire et je fis semblant de me mettre en rogne.

— Ecoutez, ma poule, je n'ai pas le temps de jouer aux devinettes avec vous ! Si vous croyez que j'ai dans la tête tout le plan de cette sacrée baraque... Par où passe-t-on ?

Elle fit un geste vague de la main.

— Par là, derrière... mais il faudra que vous déplaciez l'étagère.

Nous passâmes derrière son comptoir, et longeâmes des rayonnages de bois chargés de vêtements déjà nettoyés. J'aperçus les contours d'une trappe sous le lino et repoussai l'étagère pour la dégager.

— Faites attention aux costumes des clients ! nous recommanda la fille.

Faisant mine de n'avoir rien entendu, je soulevai la trappe. Il faisait noir comme dans un four làdedans et nous n'avions pas de lampe de poche. Mais cela aurait fait mauvais effet si nous avions reculé. Je priai le Ciel qu'il y eût un commutateur quelque part dans la cave.

Je l'aperçus en descendant les marches, derrière une poutre non loin de l'ouverture de la trappe. Je tournai et continuai à descendre, suivi de Bill.

Un large coupe-feu métallique à contrepoids se trouvait sur ma droite. Il était sale à faire peur, mais il n'était bloqué que par deux pièces de fer percées d'œilletons que réunissait un bout de fil de fer tordu, provenant d'un vieux cintre à vêtements. Le temps de le détordre et j'avais déjà les mains pleines de poussière. Mon front était trempé de sueur et je sentais la poussière s'y coller.

Je tirai la porte de fer qui glissa sur ses roulettes et, à tâtons, cherchai de l'autre côté un second commutateur. Quand je l'eus tourné j'aperçus une vaste cave, aussi mal tenue que la précédente. En haut, devant nous, on entendait le bourdonnement d'une machine.

Je revins au pied de l'escalier et appelai la jeune employée. Elle s'approcha de la trappe et se pencha, les jambes bien serrées, les paumes plaquées sur ses genoux pour m'empêcher de couler un regard indiscret sous sa jupe.

— Je suis occupée avec un client, dit-elle. Qu'est-ce que vous voulez ?

— Nous allons sortir de l'autre côté, lui dis-je. Vous pouvez refermer la trappe.

Elle commença à râler, mais je lui tournai le dos et gagnai l'autre extrémité de la cave, où Bill m'attendait déjà. La petite rouspétait toujours, en prétendant qu'on ne la payait pas pour refermer des trappes, mais dès que j'eus tiré le coupe-feu derrière moi, je n'entendis plus rien.

Dans la seconde cave débouchait un couloir, très bas de plafond. Les murs de ciment étaient d'un gris sale, sauf aux endroits où, en s'égouttant, le ciment frais avait laissé apparaître des traînées blanchâtres. Le couloir était barré par un autre coupe-feu, qui, lui, n'était même pas fermé. Nous le fîmes glisser comme le premier. L'autre partie du couloir était déjà éclairée. Le bourdonnement se faisait plus fort.

Au bout de quelques pas, nous débouchâmes dans une autre cave, relativement plus propre. Le sol était recouvert d'un vieux lino. Dans un coin, un bureau vermoulu et, au mur, un calendrier orné d'une pin-up défraîchie. Un chat, endormi près du bureau, s'éveilla à notre apparition et fila par la porte d'où provenait le bourdonnement. Là, l'éclairage était beaucoup plus intense. J'entrevis un escalier métallique qui s'enfonçait dans le sol, plusieurs moteurs luisant de cambouis et un type coiffé d'une casquette de peintre en bâtiment assis sur une chaise de cuisine.

En face de la porte se trouvait la grille d'un monte-charge. Je poussai le bouton, ce qui déclencha le grognement aigu du moteur, tout au fond du puits, au-dessous de nous. La cabine apparut bientôt. En fait de cabine, c'était un simple plancher de larges madriers soutenu par quelques poutrelles en X, avec une grille coulissante pardevant et un grillage en guise de plafond. Nous y montâmes, je fermai la grille et appuyai sur le bouton correspondant à notre étage. Le montecharge s'arrêta après une lente ascension et nous débouchâmes dans le couloir sans rencontrer personne. Un téléphone sonnait. En nous rapprochant nous pûmes constater que c'était celui de notre chambre. A la dixième sonnerie, il s'interrompit.

Je collai l'oreille à la porte, fis tourner la clé dans la serrure et j'ouvris la porte, à toute volée. Me jetant dans la pièce, courbé en deux, je m'écartai vers la droite, tandis que Bill se plaquait sur la gauche. Mais la chambre était vide.

Nous entassâmes quelques vêtements dans une de nos valises et laissâmes l'autre ouverte sur une chaise. Après quoi nous fîmes les lits et froissâmes les draps. Pas de doute : on avait fouillé la chambre. Avec discrétion toutefois, et en prenant soin de remettre les objets à peu près à leur place. On n'avait rien emporté — pas même nos deux flingues.

Nous ressortîmes dans le hall, et j'allais tourner la clé dans la serrure quand le téléphone se remit à sonner. Bill était d'avis de ne pas répondre.

— Mais si, voyons ! protestai-je. Nous sommes toujours censés habiter ici. Nous n'avons pas intérêt à ce qu'ils nous cherchent ailleurs.

Je rentrai donc et décrochai l'appareil à la cinquième sonnerie.

— C'est bien Kelly ? fit une voix.

— Lui-même, dis-je, tandis que, derrière moi, Bill revenait dans la chambre avec la valise et refermait la porte.

— C'est Will Kelly ? Will Kelly fils ?

— Non, moi, je m'appelle Ray.

— Passe-moi Will.

— De la part de qui ?

— T'en fais pas pour ça, môme ! Passe-moi Will, un point c'est tout.

— Attendez une seconde : je vais vous chercher mon frangin.

— Trop aimable, gloussa la voix.

Je posai l'appareil sur la table.

— Tu parles d'un rigolo ! dis-je à Bill. Il ne veut avoir affaire qu'à toi. Mais il t'appelle Will et pas Bill.

— On va voir, dit-il en prenant le téléphone.

Sa main tremblait.

— Du cran, bon Dieu ! fis-je. Tout ce que tu as à faire c'est à écouter.

— Oui, bien sûr...

Il reprit l'écouteur et le colla contre son oreille.

— Ici, Bill Kelly, fit-il. (Il attendit un instant.) Pourquoi ? (Nouvelle pause.) Mais comment vous appelez-vous, mon vieux ? (Autre pause, un peu plus longue, celle-là.) Allez vous faire foutre ! (Il tourna les yeux vers moi en souriant.) Non, je ne raccroche pas, dit-il à son interlocuteur.

De sa main libre, il fit le geste d'écrire. J'allai prendre un stylo à bille et une des feuilles de papier à lettres gracieusement fournis par l'hôtel à sa clientèle.

— Quel nom avez-vous dit ?... Non, je n'ai pas bien entendu... (De nouveau son regard s'accrocha au mien.) Vous dites Eddie Kapp ? Mais qui c'est, ça, Eddie Kapp ?

Je lui adressai un clin d'œil, allumai deux cigarettes et lui en tendis une. Puis je me mis à faire les cent pas dans la chambre.

— Ça vous amuse peut-être, dit Bill à son interlocuteur, mais moi, je n'ai pas de temps à perdre. Si vous voulez me donner un numéro, allez-y.

Reculant d'un pas, je m'immobilisai pour mieux l'observer.

— Ça y est, reprit Bill, j'ai du papier et un crayon.

Maintenant, il s'amusait. Complètement débarrassé de son trac, il feignit d'être ennuyé et agacé. Il prit le stylo à bille.

— Allez-y, dit-il, envoyez.

Il hocha la tête en me regardant d'un air entendu, et je lui souris.

— Rond-point 59-970, répéta-t-il, en écrivant à mesure. Oui, c'est noté. (Il relut le numéro.) J'appellerai peut-être mais ce n'est pas sûr, ajouta-t-il en riant. En attendant, mon petit père, tu peux aller te faire... Tiens, il a raccroché ! me dit-il en se tournant vers moi.

— Toi aussi d'ailleurs. Tiens, ta cigarette.

Il lâcha l'écouteur, pour la prendre.

— Il n'a pas voulu se nommer, expliqua-t-il. Il a dit qu'il désirait seulement me donner un numéro de téléphone. Il veut que nous restions le plus possible dans notre chambre jusqu'à vendredi, et que nous appelions ensuite le numéro en question. Quand je lui ai demandé pourquoi, il m'a répondu que le nom d'Eddie Kapp me dirait peut-être quelque chose.

— Il sort de taule jeudi, lui expliquai-je.

— Je sais.

— Attends donc une seconde, on va bien voir...

Je composai le numéro. A la deuxième sonnerie, une voix enregistrée répondit qu'il n'y avait pas d'abonné au numéro demandé. Je raccrochai.

— Vu. Maintenant, filons d'ici. Le type est déjà en train de rameuter ses copains dans le hall. Ils savent maintenant que les Kelly sont chez eux.

Quittant la chambre, nous redescendîmes au sous-sol par le monte-charge.

Le chat s'était rendormi sur le bureau. Derrière le bureau nous remarquâmes quelques marches qui conduisaient à une petite porte et non à une trappe comme chez le teinturier. Je l'ouvris et jetai un coup d'œil. La porte donnait sur un couloir désert, reliant le bar de l'hôtel aux cuisines. Nous sortîmes de la cave et nous précipitâmes sur notre gauche dans le lavabo réservé aux messieurs. Après nous être lavé le visage, nous traversâmes le bar et sortîmes dans la rue. Nous bifurquâmes au premier carrefour et, par un itinéraire en zigzag, rejoignîmes le parking où nous avions laissé notre bagnole. Un ancien combattant en treillis kaki montait la garde d'un air morose. Il nous accompagna jusqu'à la voiture.

— Je prends des risques en vous disant ça, murmura-t-il en fixant le volant à travers le pare-brise, mais je m'en fous. Après tout, j'ai pas à faire leur sale boulot.

Il nous lança à la dérobée un bref coup d'œil, puis fixa de nouveau le volant.

— Ils m'ont déjà refait de deux cent cinquante dollars, ces vaches-là ! Mais qu'est-ce que je peux y faire ? Appeler les flics ? Ils les ont dans leur manche, les salauds ! Vous le savez bien, vous autres.

— Où voulez-vous en venir ? lui demandai-je.

Sa joue était agitée d'un tic nerveux, et il ne quittait pas le pare-brise des yeux.

— Je voulais vous prévenir, voilà tout. Pourquoi je fais ça ? Pour leur rendre la monnaie de leur pièce, à ces salauds ! Ils en auront pour leurs deux cent cinquante dollars. (Il tripota sa casquette de toile, se retournant rapidement pour regarder la rue.) Hier après-midi, j'ai vu un mec se ramener ici, dit-il sans nous regarder. Il avait un bout de papier où était marqué le numéro de votre bagnole. Il me l'a donné en me disant qu'il faudrait que je téléphone chez Alex, si je voyais votre bagnole s'arrêter ici. Il me l'a décrite : une Mercury rouge et blanc comme celle-ci. Moi, bien sûr, j'étais pas chaud pour me décarcasser gratis. D'ailleurs, ce mec-là, il ne m'inspirait pas confiance. Et c'était un numéro de province qu'il m'avait remis. J'ai pensé que vous deviez être des touristes de passage et qu'on cherchait à vous faire une entourloupe. Alors, tant pis pour eux ! J'ai pas téléphoné. Et j'ai barbouillé votre numéro avec de la boue.

— Sans blague ?

J'allai jeter un coup d'œil à l'arrière de la bagnole. Effectivement il avait fait un bon travail de maquillage, très réaliste, en maculant si bien le pare-chocs de boue et de poussière qu'on apercevait plus que la moitié des numéros, à l'avant comme à l'arrière. Ça ne ressemblait pas à un camouflage en règle, et ça rendait quand même le numéro difficile à déchiffrer.

— Merci, dis-je en revenant vers lui. Vous avez bien travaillé.

— Vous feriez bien de retourner dans votre province, remarqua-t-il.

Je sortis mon portefeuille et y pris un billet de dix dollars que je fis discrètement glisser vers lui sur l'aile de la voiture.

— Voilà toujours un petit acompte sur les deux cent cinquante dollars qu'ils vous doivent, dis-je.

— Oh ! fallait pas vous croire obligé... Enfin,

merci quand même, fit-il en empochant les dix dollars.

— Comment s'appelle votre type ?

— Je ne sais pas. J'ai seulement entendu son copain l'appeler Sal. A moins que ce ne soit Sol... je ne sais pas trop... Il passe quelquefois par ici. Il doit travailler dans le secteur de temps en temps. Des fois, il gare une bagnole de luxe dans le parking. Le patron le connaît bien. C'est un grand, avec une grosse mâchoire à la Mussolini...

— Cet Alex chez qui vous deviez téléphoner, qu'est-ce que c'est ?

— Une agence de location de bagnoles. C'est un peu plus haut, près du pont, du côté de Washington Heights. (Il me coula un nouveau regard à la dérobée.) Mais vous ne devriez pas vous frotter à ces gars-là, m'sieur. Vous feriez mieux de retourner dans votre bled.

— Merci, pour tout, lui dis-je.

— Attendez-moi là une seconde, fit-il en haussant les épaules. Je vais vous amener votre voiture.

— O.K.

Traversant l'aire de gravillons du parking, nous allâmes l'attendre au bout du trottoir. Il sortit la bagnole et nous la remit sans un mot de plus. Nous fîmes le tour du pâté de maisons et descendîmes jusqu'à la Trente-neuvième Rue, où nous traversâmes le tunnel Lincoln. A Jersey City, nous garâmes la voiture dans une petite rue perpendiculaire au boulevard Hudson, et prîmes le métro pour regagner notre hôtel à Manhattan. Après avoir déballé nos affaires et pris une douche bien méritée, Bill me dit :

— Tu n'as pas envie de voir un peu ce que c'est que cette agence de location de voitures ?

Je secouai la tête :

— C'est comme la guerre dans le Pacifique : il fallait prendre d'assaut des dizaines de petits îlots sans importance avant d'arriver à la grande île, la seule qui présentait un véritable intérêt stratégique. Moi, je préfère m'attaquer directement à la grande île. C'est pour ça que j'ai voulu changer d'hôtel. Jeudi, on tentera le débarquement.

— Ça me va, dit-il.

CHAPITRE XV

Le lundi après-midi, je téléphonai à notre premier hôtel. Beeworthy nous avait appelés, ainsi que Johnson. Comme je savais maintenant que c'était Eddie Kapp que je cherchais, au moins pour commencer, je jugeai parfaitement inutile de les joindre.

Le mardi, cependant, histoire de tuer le temps, j'appelai Johnson. Il était complètement affolé.

— Mais, bon Dieu ! où êtes-vous passés, tous les deux ? Vous allez me rendre cinglé ! Vous avez déménagé, ou quoi ?

— Pas du tout ! Nous sommes toujours ici. Seulement nous ne passons pas beaucoup de temps dans notre chambre.

— Ah ! ça, vous pouvez le dire ! Je suis bien passé une demi-douzaine de fois chez vous. Je commençais à me demander si la bande ne vous avait pas retrouvés.

— On n'en a pas entendu parler, affirmai-je.

— Ils ne se sont même pas manifestés ?

— Rien.

— Espèce de salopard ! Je suis sûr que vous avez déménagé.

Je souris malgré moi. C'était bien agréable d'avoir enfin quelqu'un à qui parler.

— Nous sommes toujours à l'Amington, déclarai-je. La preuve : notre valise est là-bas. Enfin, je veux dire ici...

— Allez, ne me racontez pas de bobards !

— Nous sommes toujours à l'Amington, répétai-je.

— Ça va, ça va, fit-il avec une pointe d'agacement. Maintenant, en ce qui concerne l'autre histoire, voulez-vous savoir ce que j'ai à vous dire ou non ?

— A vous de décider.

— Oh ! merde, à la fin ! Vous faites exprès de me foutre en rogne. Enfin, voilà : j'ai fouiné à droite et à gauche, et j'hésite entre deux types : un flic nommé Fred Maine, et un certain Dan Christie, un privé qui travaille pour l'agence Nord-Est. Je suis presque sûr que Maine touche deux enveloppes de paye chaque semaine, et qu'une seule lui vient de la municipalité. Quant à Christie, c'est un copain de poker de Sal Merusco, un encaisseur du gang des loteries, dans le quartier ouest.

— Bravo ! dis-je. Voilà du bon boulot. Continuez. Je vous rappellerai.

Je me gardai d'informer Johnson de ce que m'avait dit le gardien du parking : il aurait tout répété au premier type qui lui aurait cassé un bras.

Je faillis appeler ensuite Beeworthy, mais je n'étais pas d'humeur à subir une interview en règle, et je m'abstins.

Le mercredi nous quittâmes notre hôtel et passâmes à l'Amington prévenir que nous ne gardions pas notre chambre. J'estimai qu'ils devaient maintenant nous rechercher ailleurs et nous ne prîmes aucune précaution particulière en cours de route. Personne ne fit attention à nous. Nous allâmes ensuite en métro à Jersey City pour y récupérer notre bagnole avant de filer à Plattsburg. Je m'étais mis à l'arrière, je ne pouvais pas supporter de rouler à côté du conducteur. Chemin faisant, je lus les journaux que nous avions achetés en ville. Le *Post* consacrait un entrefilet à la libération d'Eddie Kapp, prévue pour le lendemain. Le journal ne semblait pas la considérer d'un bon œil et se demandait si Eddie Kapp avait vraiment payé sa dette à la société. L'article était illustré d'une photo assez floue représentant le prisonnier tel qu'il était vingt-cinq ans plus tôt. C'était du reste le seul journal à faire allusion à Kapp.

A Plattsburg, nous descendîmes dans un hôtel de Margaret Street. Bill était crevé d'avoir tenu le volant pendant six cents kilomètres. Je sortis donc seul, et je dénichai un bar, où je bavardai un moment avec un gars qui avait été en garnison au Japon.

Nous reprîmes la route le lendemain matin, pour faire les trente kilomètres nous séparant encore de Dannemora.

Dannemora est une petite ville bien propre et bien tranquille, et on ne se douterait jamais qu'elle abrite un énorme pénitencier. Nous finîmes par repérer le long mur haut et nu de l'établissement en question. Nous entrâmes dans le petit bar sombre, mais égayé par des boiseries claires et vernissées qui faisait face à la porte de fer percée dans le mur d'enceinte de la prison. Le barman, un gros homme à moustache noire, servait deux clients vêtus de vestes de chasse rouge et noir et chaussés de grandes bottes de cuir. C'étaient des indigènes ; ils buvaient du scotch allongé de ginger ale.

Le *Post* avait annoncé qu'Eddie Kapp serait libéré à midi, mais nous n'en avions pas la certitude. Nous prîmes notre faction au bar à dix heures. Je me demandais si je reconnaîtrais mon bonhomme. La photo du *Post* était mauvaise et elle datait de vingt-cinq ans. Eddie Kapp avait maintenant soixante et un ans ! En outre, j'ignorais si plusieurs prisonniers ne seraient pas libérés le même jour.

Nous attendîmes patiemment, devant deux verres de bière. J'avais sorti les pans de ma chemise de mon pantalon et, quand je me penchais en avant pour m'accouder au comptoir, la crosse du revolver de Smitty me heurtait les côtes. Bill éprouvait les mêmes difficultés avec son Luger.

A onze heures et demie, une Chrysler beige et crème vint se ranger en douceur le long du trottoir, juste devant le bar. Bill, qui l'avait aperçue, se tourna vers moi.

— Ce sont eux ? Ce sont ces gars-là qui ont descendu papa ?

Je ne répondis rien. J'étais trop occupé à regarder l'homme assis dans la voiture, à la droite du chauffeur. Je l'avais tout de suite reconnu.

Je m'apprêtai à descendre de mon tabouret, tout en dégageant le pan de ma chemise, quand Bill me saisit le coude.

— Fais pas de conneries ! Attends que Kapp soit sorti.

Je m'immobilisai. La crosse du revolver me faisait une drôle de sensation dans la paume. Le côté qui s'était trouvé contre ma peau était tiède et moite ; l'autre, sec et froid.

Je me sentis brusquement une faim de loup. Je patientai quelque temps, mais, aux environs d'une heure, je commandai deux sandwiches, et Bill m'imita.

J'achevais mon second sandwich quand je vis la porte de fer s'ouvrir de l'autre côté de la rue. Un vieil homme, nu-tête, apparut.

Il portait un complet gris de bonne coupe, et ce n'était sûrement pas le gouverneur qui le lui avait offert ! Ses souliers noirs luisaient au soleil. Les cheveux presque blancs, les sourcils épais, le visage carré, les traits durs, il ne paraissait pas trop marqué par son long séjour en prison.

Je crachai ma dernière bouchée de sandwich sur mon assiette et me levai de mon tabouret.

— Attends qu'il soit arrivé à la voiture, me conseilla Bill.

— Oui, tu as raison, dis-je.

Je me rapprochai cependant de la porte. Le malheur, c'est que Kapp, lui, ne se rapprochait pas du tout de la voiture. Il avait pris à droite et s'éloignait d'un pas paisible. Son ombre le suivait le long du mur.

Ce ne pouvait être qu'Eddie Kapp. Son âge, la date de sa libération, son élégant complet, tout collait.

La Chysler démarra, glissa lentement le long du trottoir en ronronnant doucement, et se mit à suivre Kapp, qui ne paraissait pas l'avoir remarquée.

— Qu'est-ce que ça veut dire, bon Dieu ? grommela Bill.

— Va chercher la bagnole. Mais reste derrière moi — à vingt mètres au moins...

Légèrement décontenancé, il hocha la tête.

— O.K., fit-il cependant en allant à la voiture.

Le barman et les deux autres clients me regardaient. Je sortis à mon tour sur le trottoir et me mis à suivre nonchalamment la Chrysler.

Nous parcourûmes ainsi une centaine de mètres les uns derrière les autres, en une grotesque procession. Kapp ouvrait la marche, sur le trottoir de gauche. Puis venait la Chrysler sur sa droite, à vingt mètres derrière lui. Ensuite moi, sur le trottoir de droite, à une vingtaine de mètres de la Chrysler. Enfin Bill, dans sa Mercury. Kapp se dirigeait vers la gare routière.

Nous venions d'arriver dans un secteur assez peu fréquenté quand la Chrysler bondit, coupant en biais la chaussée déserte. Ils avaient visiblement l'intention d'écraser Kapp.

— Attention! criai-je, en traversant la rue au pas de course derrière la Chrysler, malheureusement ralenti par ma mauvaise cheville.

Au cri que je poussai, Kapp se retourna. Voyant la Chrysler monter sur le trottoir et se ruer sur lui, il piqua une tête dans une haie séparant la rue d'une pelouse. Un chien se mit à japper. La Chrysler vira pour regagner la chaussée en cahotant, tandis que ses roues montaient et descendaient successivement le trottoir. L'homme assis à côté du chauffeur me tirait dessus, exactement comme il avait tiré sur papa. Il avait une petite moustache.

Je sortis le revolver de Smitty, visai la portière de la Chrysler et appuyai six fois de suite sur la détente. La tête du tireur s'affaissa en avant et son bras inerte se balança en dehors de la portière.

Quand la Chrysler vira brutalement à droite, je vis mon type à la moustache osciller mollement hors de la portière comme une poupée de son. Les vivants n'ont jamais l'air aussi relaxé.

La Mercury me rattrapa au moment où Kapp émergeait de la haie. Derrière, le clébard s'étranglait de rage en tirant sur sa chaîne. Kapp titubait légèrement. Pour un homme de soixante et un ans, il venait de réussir un sacré plongeon ! Mais maintenant, il portait largement son âge. La jambe gauche de son pantalon était déchirée au genou.

J'ouvris la portière arrière de la Mercury et y lançai mon arme vide. Puis j'allai prendre Kapp par le bras, l'amenai jusqu'à la voiture et le poussai à l'intérieur. Tout étourdi, il ne m'opposa aucune résistance et ne posa aucune question. Je me glissai à côté de lui et claquai la portière. Une femme en tablier était sortie par une brèche de la haie et nous regardait, médusée. Bill écrasa l'accélérateur et nous quittâmes Dannemora à fond de train.

CHAPITRE XVI

Kapp récupéra assez vite. Il retira le flingue de Smitty sur lequel il était assis et le regarda pensivement avant de se tourner vers moi.

— Vous tirez comme un cochon, remarqua-t-il. Il vous a fallu quatre balles pour l'atteindre et vous en avez encore gaspillé deux.

— Je n'ai plus qu'un œil, expliquai-je. J'ai du mal à apprécier les distances.

— Ah ! bon. En ce cas, c'était un beau carton ! (Il fixa du regard l'épaisse nuque de Bill.) Si c'est un kidnapping, dit-il, vous êtes mal tombés. Personne ne donnerait un sou pour ma rançon.

— Nous avons seulement une ou deux questions à vous poser, dis-je.

Il me regarda de nouveau et sourit. Il avait de fausses dents très blanches qui lui allaient beaucoup mieux qu'à Krishman.

— Etiez-vous seulement au monde quand je suis entré là-dedans, les enfants ? nous demanda-t-il.

— Oui.

— Alors, vous avez une sacrée chance d'avoir vécu si vieux ! (Il soupesa mon flingue en le balançant par le canon.) Si je vous cassais la tête avec ça ? Que ferait votre associé ?

— Nous n'avons pas envie de rigoler, dis-je en le regardant dans les yeux.

Il m'observa un moment puis, d'un air attristé, posa le revolver sur le plancher à mes pieds.

— Je suis un vieillard, soupira-t-il. Je ne pense plus qu'à prendre ma retraite.

Il se rassit, en me présentant son profil. Les yeux fixés sur le plafonnier, il s'efforçait de prendre un air de grand malade.

— Ce monde de dureté, de violence, je l'ai laissé derrière moi, une fois pour toutes, poursuivit-il.

— Pas complètement, rectifiai-je.

Cessant alors de plaisanter, il se tourna vers moi, les lèvres pincées, et me dit, d'une voix sèche :

— Posez-moi vos questions et allez vous faire foutre !

— Pourquoi a-t-on assassiné Willard Kelly ? lui demandai-je brutalement.

Son visage exprima tour à tour la surprise, l'inquiétude, la méfiance.

— Willard Kelly ? Qui c'est, celui-là ?

Je me baissai pour ramasser le revolver et lui frappai le genou d'un coup de crosse.

— On dit que les os des vieillards sont très fragiles, lui rappelai-je.

— Pas les miens ! Je suis un régime pour rajeunir.

— Vous lisez trop de magazines. Tout ça, c'est bien joli, mais moi, je ne rigole pas. Comment va votre rotule ?

De nouveau, je lui frappai le genou d'un coup

de crosse. Cette fois, il ne parvint pas à dissimuler une grimace de douleur.

— Pourquoi a-t-on assassiné Willard Kelly? répétai-je.

— Parce qu'il puait du bec, si tu veux savoir!

Je frappai à nouveau. Il posa la main sur son genou — une main plus vieille que son visage, noueuse et sillonnée de grosses veines bleuâtres. Je lui assenai alors un coup de crosse sur la main. Il la retira en poussant un grognement de douleur. Je lui frappai encore une fois le genou.

— C'est ça, vas-y, casse-moi une patte, eh, tordu! lança-t-il. Pour l'instant, ça m'arrangerait plutôt que tu m'envoies dans les vapes!

— Pas de danger, lui assurai-je en lui flanquant un nouveau coup de crosse.

Son visage avait pâli et des rides plissaient ses yeux et sa bouche.

— Pourquoi a-t-on assassiné Willard Kelly? répétai-je.

Une fois de plus, il détourna la tête en regardant dehors, par la portière. Je continuai de frapper.

Il ne tomba même pas dans les pommes. Bill contourna Plattsburg et, à quelques kilomètres plus au sud, emprunta une route secondaire. Une pancarte proposait des bungalows à louer sur la rive du lac Champlain. Un autre écriteau annonçait : *Clôture début septembre.* Or, nous avions largement dépassé cette date.

Nous découvrîmes effectivement plusieurs rangées de bungalows blancs, rehaussés d'un rouge un peu délavé, au-delà d'un grand terre-plein goudronné. L'endroit était désert.

Kapp ne voulait pas descendre, mais Bill fit le

tour de la voiture pour venir le tirer par les cheveux et le pousser entre les bungalows. Kapp boitait de la jambe gauche. Nous le calâmes debout, contre la paroi de planches d'un des bungalows qu'un rideau d'arbres séparait du lac. Bill nous regarda tour à tour, Kapp et moi.

— Fais gaffe. Souviens-toi de Mac Ardle ! me recommanda-t-il.

— T'en fais pas, promis-je. Je ferai bien attention.

— Quel Mac Ardle ? fit Kapp, surpris.

— Andrew Mac Ardle, lui expliquai-je. Je lui ai posé quelques questions, mais il avait le cœur fragile et il est mort avant d'avoir pu me répondre. Bill me recommandait de faire plus attention avec toi.

— Je ne comprends rien à toutes vos salades, fit-il en secouant la tête.

Nous attendîmes un moment, pour bien lui laisser le temps de réfléchir. Adossé au mur, il soutenait sa main meurtrie de son autre bras. Son complet gris n'était plus aussi pimpant. Sa jambe gauche le faisait souffrir et sa main gauche, toute violacée, enflait à vue d'œil. Des rides creusaient son visage. Il paraissait las, inquiet et désemparé. Il voulait encore crâner, mais il comprenait que ça ne servait à rien.

Quand il voulut enfin parler, il ne réussit qu'à émettre des sons rauques, et il dut se racler longuement la gorge et cracher à plusieurs reprises avant de pouvoir s'exprimer.

— Je n'arrive pas à vous situer, dit-il enfin. Les gars de la voiture, je sais qui c'était, ou du moins je peux le deviner, mais pour vous deux, c'est différent... Vous n'êtes pas des professionnels, ça se voit tout de suite, et vous posez des questions dangereuses... (Il secoua la tête.) Qu'est-ce que vous me voulez, bon Dieu ?

— Pourquoi mes questions sont-elles si dangereuses ? demandai-je.

Il regarda le ciel à travers les branches.

— Je ne serai pas redevenu un homme libre pour bien longtemps, soupira-t-il.

— Ecoute, Bill, coupai-je, s'il ne veut pas l'ouvrir en vitesse, je le bute. Tant pis pour les conséquences ! On retournera en ville en passant par les petites îles.

— Ça ne me dit pas grand-chose, grommela Bill, les sourcils froncés. J'aime mieux ne pas m'en mêler.

— C'est bon, dis-je. Va recharger le flingue dans la voiture, et laisse-moi ton Luger en attendant.

Brusquement, Kapp éclata de rire. Il riait comme un homme qui vient d'entendre une bonne plaisanterie à la fin d'un banquet. Nous le regardions tous les deux avec étonnement, quand son index se braqua soudain sur Bill.

— Mais bougre d'andouille, s'écria-t-il, tu es Will Kelly ! Le petit Kelly ! Son fils, quoi !

Nous le dévisageâmes, muets de stupeur. Il s'écarta du mur et boitilla vers nous en riant de plus belle.

— Mais, sacré bon Dieu, tu ne pouvais pas le dire plus tôt que tu étais le moufflet de Will ? Et moi qui n'arrivais pas à te situer ! Je ne pigeais absolument pas...

— Ça va comme ça pour les effusions, coupai-je. Vous n'avez toujours pas répondu à ma question.

Il me regarda à mon tour et son sourire s'effaça.

— C'est bon, dit-il.

Cette fois, c'était lui qui semblait attendre le moment d'en raconter une bien bonne, comme un joyeux convive qui garde depuis longtemps en réserve une histoire particulièrement savoureuse.

— Je ne savais pas que Will s'était fait descendre, dit-il, mais je sais pourquoi c'est arrivé : il attendait ma sortie de prison pour me remettre un dépôt que je lui avais confié. Il devait me le garder et éviter soigneusement de revenir à New York avant ma libération. C'est à cause de ce dépôt qu'on l'a tué — et parce que j'étais sur le point de venir le réclamer.

— Et c'était quoi, ce dépôt ?

— Toi, fit-il simplement, avec un signe de tête dans ma direction.

— Qu'est-ce que ça veut dire, moi ?

— Tu ressembles plus à ta mère qu'à ton père, dit-il laconiquement.

Brusquement je compris tout.

— Tu mens, salaud ! hurlai-je.

— Mais non. Tu ressembles beaucoup plus à ta mère. Je suis bien placé pour le savoir. Ton père, je le vois tous les matins dans ma glace !

Je lui éclatai de rire au nez.

— Dis, pour qui tu nous prends !

— C'est la pure vérité, affirma-t-il.

— Mais qu'est-ce que tout ça signifie, bon Dieu ? demanda Bill.

— Lui, il n'a pas encore pigé, expliquai-je à Kapp. Mais dès qu'il aura compris, il te mettra en morceaux. Tu ferais mieux de reconnaître tout de suite que tu as menti.

— Je n'ai pas menti.

— Tu as fait une erreur de tactique, insistai-je. Bill a un sens très développé de l'honneur familial.

— On ferait mieux de discuter de tout ça tranquillement autour d'une bouteille de bière, soupira Kapp. Nous avons beaucoup de choses à nous dire, de part et d'autre.

— Nom de Dieu de nom de Dieu ! rugit Bill. Pour la dernière fois, va-t-on m'expliquer ce qui se passe ?

— Kapp prétend que nous ne sommes que des demi-frères, toi et moi. D'après lui, nous aurions eu la même mère, mais Willard Kelly ne serait pas mon père.

Les sourcils de Bill s'abaissèrent.

— Et d'après lui, qui serait ton père ?

— S'il a pour deux sous de jugeote, il va retoucher son roman...

— Ton père, c'est moi, dit Kapp, qui, cette fois, était carrément en rogne. Et je dis la vérité !

Bill rentra la tête dans ses épaules et fit un pas en avant. Je l'étendis d'un croche-pied, juste à temps.

— Maintenant, il va t'étrangler, dis-je à Kapp. Je jure devant Dieu qu'il va le faire ! Et je ne pourrai rien pour l'en empêcher...

Bill se relevait. Kapp recula contre le bungalow et se mit à parler très vite, d'un ton à la fois épouvanté et furieux.

— Votre mère à tous deux était une putain de Staten Island. Une vraie roulure ! Elle a si bien enjôlé Kelly qu'elle s'est fait épouser, alors qu'elle attendait son premier môme. Le second était de moi. Je le sais d'autant mieux qu'on a vécu six mois ensemble, dans ma bicoque du lac Georges, et c'est moi qui l'ai forcée à retourner chez Kelly !

Bill s'était relevé. Je m'accrochai à lui pour le retenir, tandis que Kapp nous criblait de phrases rapides comme des flèches.

— L'Organisation avait envoyé Edith au vert, en province, avec Will Kelly. Elle avait ordre de se tenir tranquille et de ne jamais remettre les pieds à New York. Mais elle n'a pas pu se faire à sa nouvelle vie, et au bout d'un an, elle s'est ouvert les veines avec une lame de rasoir.

Bill me repoussa si brutalement que j'allai rebondir contre un tronc d'arbre.

— Dis-lui que tu mens ou je te tue ! hurla-t-il à Kapp.

Celui-ci se retourna vers moi. Il était fou de rage, lui aussi.

— Eh bien, comme ça, tu auras un autre père à venger, sale petit morveux !

Bill brandissait déjà un poing pareil à une bûche noueuse. Kapp tenta d'esquiver le coup, mais il ne fut pas assez rapide. Bill le cueillit derrière l'oreille et l'envoya rouler face contre terre, dans les hautes herbes. Bill se pencha au-dessus de lui, les mains ouvertes pour le remettre sur ses pieds.

Je me précipitai et assommai Bill avec son Luger. Ses genoux fléchirent et il s'abattit sur les jambes de Kapp qui s'éloignait en rampant. Il réussit à se dégager, s'accrocha à un arbre pour se relever et y resta un instant collé, entourant le tronc de ses deux bras.

Je me campai devant lui, sans lâcher le Luger que je tenais par le canon.

— Continue ! lui ordonnai-je.

— Pas maintenant, petit. Je suis vieux...

— Assez de salades !

Avec un frisson, il appuya son front contre l'écorce et ferma les yeux.

— Bon, dit-il enfin, mais laisse-moi quelques secondes que je me remette. Je t'en prie...

Je patientai un moment. Quand il releva enfin la tête, son front portait les marques de l'écorce. Il s'efforça de sourire.

— Tu ressembles à ta mère, petit, remarqua-t-il, mais c'est bien de moi que tu tiens. Ça me fait plaisir.

Je restai muet. Il haussa les épaules et son sourire s'effaça.

— Eh bien, allons-y, dit-il soudain. Ta mère s'appelait Edith Stanton. Elle venait de Rosebank et elle est arrivée à Staten Island en 1934. Pendant un bout de temps, elle a été collée avec Tom Gilley. Il l'a fichue en cloque, mais il l'a avortée lui-même, à coups de poing dans le ventre. Après ça, elle a vadrouillé à droite et à gauche, mais toujours à peu près dans le même groupe. Tout le monde se connaissait. Ça se passait juste après l'abolition de la prohibition et, à l'époque, on essayait de se réadapter. Will Kelly est tombé amoureux d'elle. C'était la première fois qu'elle rencontrait un homme qui la laissait passer devant lui, et ça lui avait plu. Elle est de nouveau tombée enceinte, de lui cette fois, et elle a si bien réussi à l'embobiner qu'il l'a épousée. Seulement, elle n'était pas douée pour passer toutes ses journées à la maison avec son môme et elle s'est remise à fréquenter toute la vieille bande, pendant que Kelly se tapait la vaisselle, changeait les couches du môme... Dis donc, je crois qu'il se réveille...

Je me retournai pour jeter un coup d'œil à Bill.

— On a encore quelques minutes, lui assurai-je.

— Bon... Que veux-tu ? C'est la vie : il y a des femmes dont le tempérament ne s'éveille qu'après leur première maternité. Jusqu'alors, moi, je n'avais jamais fait grande attention à Edith, mais quand elle a recommencé à sortir avec nous, elle avait changé. Elle avait quelque chose de plus mûr, elle était plus femme, quoi... Tu vois ce que je veux dire. Bref, je l'ai emmenée chez moi. C'était une traînée, mais il y avait quand même quelque chose de captivant en elle. Je ne sais pas comment t'expliquer ça...

Sa voix trahissait une soudaine nostalgie.

— Je m'en fous, coupai-je. Continue.

Ça le ramena brusquement au présent.

— En 1938, on a eu des ennuis, reprit-il. La came arrivait par Baltimore et on était en bisbille avec les gars de Chicago, pour savoir si Baltimore devait dépendre de leur zone ou de la nôtre. Avec deux gars sûrs, je suis allé me planquer dans une villa que j'avais sur le lac Georges. J'avais dit à Edith de venir avec nous et elle nous a suivis. On a vécu six mois là-bas, et elle ne m'a pas quitté un seul jour. Sur la fin, elle était enceinte, et quand le gosse est né elle a voulu l'appeler Raymond Peter Kelly. C'était une manière de plaisanterie qu'elle et moi étions seuls à pouvoir comprendre. Ça nous rappelait le faux nom sous lequel j'avais acheté la villa : Raymond Peterson.

Bill se mit à geindre doucement.

— Nous terminerons cette conversation dans la voiture, dis-je à Kapp. Venez.

— D'accord.

Lâchant le tronc, il recula d'un pas et tomba

assis par terre. Il me regarda, le visage rouge de honte.

— Dans le temps, je n'aurais même pas fait attention à une petite correction comme celle-là ! soupira-t-il. Ça m'aurait paru une bagatelle... trois fois rien.

— Je vous crois sur parole.

Faisant passer le Luger dans mon autre main, j'aidai Kapp à se relever. S'appuyant lourdement sur moi, il m'accompagna jusqu'à la Mercury. Je voyais qu'il ne jouait pas la comédie et qu'il ne cherchait pas à s'enfuir.

— Je reviens tout de suite, lui dis-je. Inutile de répéter à Bill ce que vous venez de me raconter.

Il hocha affirmativement la tête. J'ouvris la portière arrière et il s'effondra sur la banquette, la joue contre le dossier, les pieds hors de la voiture. Le laissant dans cette position, je retournai vers Bill qui se relevait péniblement, en s'appuyant contre la balustrade d'un bungalow. Il était livide.

Je me plantai devant lui.

— Bill, lui dis-je, il faut que je t'explique quelque chose.

— Laisse-moi passer, grogna-t-il.

— Dans la bagnole, il y a un vieillard. Si tu le démolis, sous prétexte qu'il nous a dit la vérité, je t'abats comme un chien enragé. Après tout, qu'est-ce que tu as fait, quand on t'a appris qu'Ann était morte ? Est-ce que tu as cassé la gueule du type qui venait t'apprendre la mauvaise nouvelle ?

— Va te faire foutre ! dit-il seulement.

Je m'écartai.

— On ne fait pas disparaître une vérité gênante à coups de poing, lui dis-je. Ton père était un avocat véreux et le mien est assis en ce moment dans notre bagnole. En outre, notre mère n'a pas exactement mené une vie exemplaire...

Il lâcha la balustrade, se laissa tomber à genoux et se mit à pleurer, les bras ballants le long de ses flancs. Je retournai à la Mercury.

— Il ne va pas tarder à nous rejoindre, dis-je à Kapp. Mais il se tiendra tranquille, maintenant.

— Ça va, dit-il en hochant la tête.

Il ferma les yeux et posa ses deux mains à plat sur ses genoux. La main que j'avais frappée à coups de crosse n'était pas belle à voir.

— Je suis fatigué, soupira-t-il.

Il ouvrit les yeux et me regarda longuement.

— Tu sais que tu es mon seul fils? Le seul enfant à qui j'ai donné le jour... Ça me fait du bien de te regarder...

J'allumai deux cigarettes et lui en tendis une.

CHAPITRE XVII

Debout à côté de la voiture, je fumai un moment en regardant le lac, d'un bleu intense, entre les arbres et les bungalows. Derrière le lac, la forêt commençait à se parer des chaudes couleurs de l'automne, tandis que les montagnes du Vermont éclataient encore de fraîcheur estivale.

Je n'osais pas me retourner vers Kapp ; je ne savais quelle attitude prendre devant lui. Si j'avais été toute ma vie un orphelin, ç'aurait été différent, mais j'avais déjà un père et Kapp, même s'il était mon vrai père, n'en était pas moins un étranger pour moi.

Au bout d'un moment, Bill réapparut entre les bungalows. Il s'arrêta un moment, sans regarder de notre côté, pour s'allumer une cigarette. Il avait des gestes maladroits, comme si ses doigts avaient brusquement enflé. Il s'approcha ensuite lentement, pesamment, s'installa derrière le volant sans un mot et mit le moteur en marche.

Je ne savais où m'asseoir. Rouler à l'avant me donnait la nausée, mais je ne voulais pas laisser croire à Bill que nous faisions déjà bande à part, Kapp et moi.

Kapp, comprenant mon hésitation, me dit en souriant :

— Mets-toi donc devant avec ton frangin. Moi, je voudrais m'étendre. Je suis vanné.

Je m'assis à côté de Bill et claquai la portière. Bill leva les yeux et regarda droit devant lui.

— On rentre à l'hôtel ? marmonna-t-il.

— Je crois que c'est le mieux.

Nous revînmes à Plattsburg. Dans le hall de l'hôtel, Kapp dit qu'il boirait bien un verre. Bill monta directement dans notre chambre sans nous accorder un regard. J'allai au bar avec Kapp.

— Ça fait quinze ans que je n'ai pas bu d'alcool, me dit Kapp. Quelles sont les meilleures marques de scotch, actuellement ?

— Je n'ai pas les moyens de m'offrir du scotch de marque, fis-je en haussant les épaules.

Le garçon se pencha vers nous.

— Ces messieurs veulent-ils du « House of Lords » ? murmura-t-il.

— Joli nom ! remarqua Kapp. Ça sonne bien. Va pour la chambre des Lords...

Le garçon s'éloigna.

— Vous avez passé plus de vingt ans en taule, lui dis-je ; est-ce que par hasard on vous aurait laissé boire de l'alcool pendant les cinq premières années ?

Il cligna de l'œil.

— Normalement, ils auraient dû m'envoyer à Sing-Sing, petit. Heureusement, j'avais des relations ! Et il fut un temps, à Dannemora, où on était un peu plus coulant. Ça se passait en famille, ce n'était pas comme dans les prisons fédérales... (Il fit une petite grimace.) Mais on a changé tout ça, conclut-il.

Le garçon nous apporta nos consommations et repartit.

Kapp prit son verre, goûta le scotch et s'étrangla en faisant une horrible grimace.

— J'ai perdu l'habitude. Après si longtemps, c'est comme si on repartait de zéro. Tu te souviens comme ça avait mauvais goût, la première fois que tu en as bu ?

— Vous voulez l'allonger avec quelque chose ?

— Quoi ? Ça se fait maintenant ces mélanges ? Très peu pour moi, petit ! Ce n'est pas mon genre.

D'une seule main, il prit une nouvelle cigarette dans son paquet. Sa main gauche était affreuse à voir. Je lui tendis mon briquet.

— Je regrette de vous avoir amoché comme ça, dis-je.

— Ferme ça. Parle-moi plutôt de Kelly, enfin... ton frère. On le voit mal embringué dans une pareille histoire ?

— Ils lui ont tué sa femme.

— Sa femme ? Ah ! je vois... (Il se pencha en arrière, et me regarda en hochant la tête avec un sourire.) C'est une preuve qu'ils ont la trouille, déclara-t-il. Le vieil Eddie Kapp leur a foutu la trouille. C'est bon signe...

— Nous avons trouvé un type qui prétend qu'une nouvelle guerre se prépare entre les gangs de New York. Ce serait même pour ça qu'ils auraient tué mon... mon père... Enfin, Kelly...

— Du calme, petit. Si tu penses encore à lui comme à ton vrai père, appelle-le comme tu l'as toujours fait. Il s'est plus conduit en père que moi, hein ?

— Vous étiez en taule, vous. C'est forcé...

— Oui, ce n'est que trop vrai. (Il avala une

nouvelle gorgée de scotch.) Je commence à m'y faire, reprit-il tout en déposant pensivement sa cendre dans le cendrier. Mais pour ce qui est de ta mère, je ne voudrais pas que tu comprennes de travers ce que je t'ai dit. Edith n'a jamais travaillé en maison. Ça, non ! Ce n'était même pas une professionnelle.

— Ne parlons plus de ça, vous voulez ?

Il me foudroya du regard.

— C'était une brave fille. Et elle m'a donné un brave garçon.

Je ne pus faire autrement que de sourire.

— Tu veux que je te dise une bonne chose, petit ? Ils ont perdu la boule ! Ils ont les foies. Rien qu'en te regardant, ton frère et toi, je n'ai pas de peine à reconnaître lequel de vous deux est le fils de Will Kelly. Ça ne fait pas de question ! Mais ils sont affolés, et ils s'attaqueront même à la petite... Attends un peu, tu verras...

— Vous croyez, vraiment ?

— Tu verras bien !

Il se recula légèrement en tirant avec satisfaction sur sa cigarette. Ses yeux brillaient dans la pénombre du bar.

— On va leur en faire baver, petit !

Il se pencha vers moi.

— Tu sais quels projets j'avais fait, il n'y a pas si longtemps ? J'avais compris que j'étais un vieux birbe, tout juste bon à prendre sa retraite et j'avais écrit à ma sœur. Oh ! c'est une garce, avec une gueule à vous dégoûter de l'amour, mais je n'avais qu'elle au monde. Je lui ai dit de plaquer son connard de mari et de venir avec moi. On se serait installés en Floride. J'ai un gentil magot planqué quelque part, et avec vingt ans d'intérêts composés, il a fait des petits ! Tu te rends compte ? Eddie Kapp, rincé, lessivé, qui va prendre sa retraite au soleil de Floride, parce que les enterrements y coûtent moins cher ? Et avec ma frangine encore !

Il écrasa sa cigarette dans le cendrier.

— La famille, la famille... C'est toujours la même rengaine ! (Sa voix était basse, tendue, âpre.) Avec le Syndicat, avec toi, avec moi, on en revient toujours là... Même moi, j'étais prêt à passer le reste de ma vie avec ma sœur. Pense un peu à ça : avec ma sœur ! Moi qui ne peux pas la blairer : hypocrite comme il n'y en a pas deux !

— Je la connais déjà, dis-je. A mon avis, elle a surtout des complexes.

— Eh, attention à ce que tu dis, fit-il en riant. N'oublie pas que tu parles de ta tante.

— Mais j'ai raison, pas vrai ? insistai-je, en riant, moi aussi.

— J'avais renoncé à tout, je te dis ! Pourtant, Tony et la bande des Français, et tous les autres m'écrivaient sans arrêt. « Reviens avec nous dès que tu seras sorti de placard, Eddie. On n'attend que toi pour se remettre en selle. » Oui ? Eh bien, moi, je les emmerde tous ! Voilà ce que je me disais. Je me retire des voitures avec ma petite sœur.

Il grimaça un sourire douloureux.

— Voilà ce que c'est, la famille. Où est-il donc passé, ce barman ? Je commence à reprendre goût à la gnôle, tiens !

Après la seconde tournée, nous en commandâmes une troisième et il continua à discourir.

— La famille, tu comprends, c'est la base de la société. Pour la plupart des gens, c'est sacré, et surtout pour ceux qui constituent « le milieu », comme on dit. Surtout à New York. Tu ne me crois pas ? Tu crois que ce sont tous des insensibles ? Eh bien, tu te trompes. Au temps de la prohibition, dès qu'un petit tueur avait mis deux mille dollars à gauche, il achetait une bicoque à ses vieux. Je te le dis, petit : pour ces gars-là, la famille ça passe avant tout. Si tu descends un mec, son frangin te descendra. A moins que ce ne soit son fils... Exactement comme toi, quand on a refroidi Will Kelly. Et c'est justement pourquoi tu peux avoir un rôle à jouer...

— Comment ça ? Qu'est-ce que je viens faire là-dedans ?

— Faudrait d'abord que tu comprennes comment ça marche dans le milieu. En 33, quand on a aboli la prohibition, toute la machine a commencé à se déglinguer. Tout le monde a cherché à se reconvertir d'une manière ou d'une autre en se bagarrant ferme pour conserver son terrain d'opérations. Là-dessus, Dewey est venu nous compliquer la vie, avec ses saloperies d'impôts sur le revenu et ses soi-disant fraudes fiscales... Il y en a pas mal qui ont dû plier bagages. D'autres sont clamsés, ou sont allés en taule, ou ont fait Dieu sait quoi. Là-dessus la nouvelle vague s'est amenée : des hommes d'affaires, des types très comme il faut. Plus de fusillades, plus de sang, comme autrefois. Ce qu'il leur fallait, à eux, c'était un petit bizness bien pépère. Les caves achètent leur protection, chacun fait son petit boulot à la papa et tout se passe très bien. Pendant un temps, ça a marché. Seulement, petit à petit, les anciens commencent à rappliquer. Maintenant qu'ils se sentent moins traqués, ils reviennent d'Europe, ils sortent de taule, ou de je ne sais où... Du coup, les nouveaux, les petits messieurs si polis commencent à s'inquiéter... « D'accord, papa, qu'ils disent aux vieux, seulement, nous, on a remisé les flingues une fois pour toutes. Nous c'est à coups de circulaires intérieures qu'on règle nos affaires. Allez donc plutôt écrire vos mémoires pour les bandes dessinées. » Qu'est-ce qu'ils peuvent faire, les vieux ? Ils se heurtent à des organisations qu'ils ont montées eux-mêmes et où on leur fait la gueule maintenant. S'ils se rebiffent, tous les avocats et les flics vendus au Syndicat leur tombent dessus. Aujourd'hui, personne n'est assez gonflé pour aller jeter une bombe dans un bar. On discute, on pinaille, on biaise...

— Je ne vois toujours pas ce que je viens faire là-dedans ?

— Toi, petit, tu es l'atout maître ! La famille, il n'y a que ça, je viens de te le dire. En ce moment, tous les anciens sont sur la touche, attendant le moment de reprendre leur place sur le terrain. Mais ils sont coincés, parce qu'il n'y a personne pour leur dire ce qu'ils doivent faire. Et, dans ce métier-là, il faut absolument qu'il y ait un patron. Alors, ils se sont réunis, ils se sont écrit, ils ont discuté le coup... Et ils ont fini par se mettre d'accord, et c'est moi qu'ils ont choisi.

Il vida son verre d'un trait.

— Décidément, j'y reprends goût, dit-il avec un clin d'œil. Au début, poursuivit-il, je n'étais pas chaud. Je m'en foutais pas mal. Tout ce qui est arrivé, c'est à cause de toi. Parce que tu es un symbole ! En 40, j'étais tout prêt à abattre mes cartes. Et pas seulement à New York, mais sur la moitié de la côte atlantique. De Boston à Baltimore, pas moins ! J'avais neuf ans de retard, mais c'était dans la poche. J'avais toutes les chevilles qu'il fallait. Moi, aussi, j'étais nouvelle vague, ils allaient bien voir ! Là-dessus les fédés s'amènent avec leurs histoires de fraude fiscale, et je me retrouve au ballon. J'ai prévenu les gars. « Quand je sortirai, le millefeuille sera pour moi. — Mon petit Eddie, qu'ils m'ont répondu, quand tu sortiras, tu seras un vieux schnoque. Vingt-cinq carats, ça fait un bail ! — Vous n'oublierez quand même pas Eddie Kapp ? que je leur ai répondu. — Bien sûr, qu'ils m'ont dit, mais tu seras plutôt rance ! Tu ne trouveras plus personne qui veuille marcher avec toi. » Mais moi, je leur ai dit : « Edith Kelly a eu un lardon de moi. Quand je sortirai du trou, il aura grandi, le môme ! Et il marchera avec son père. » Voilà ce que je leur ai dit.

Il hocha la tête en contemplant son verre vide. Je fis signe au garçon de nous remettre ça.

— Vois-tu, reprit-il doucement, pour eux tu es un symbole. C'est comme une raison sociale : « Eddie Kapp et fils. » Ça veut dire que, grâce à toi, Eddie Kapp va faire couler un sang nouveau dans l'Organisation.

— Quand mon père est venu me rencontrer à New York, dis-je, quelqu'un a dû le reconnaître ?

— Evidemment ! Pendant vingt-deux ans, les gars de l'Organisation se foutaient pas mal de lui. Avant de me faire embarquer, j'avais dit à Will de quitter New York et de ne jamais y remettre les pieds de sa vie. Il savait que je ne plaisantais pas et il m'a écouté. Il ne se doutait pas pourquoi je lui avais donné ce conseil, mais il savait que c'était sérieux.

— Il ne savait pas que j'étais votre fils ?

Kapp secoua la tête en riant.

— Il savait que tu n'étais pas le sien, mais c'est tout.

Je ne savais quoi dire. J'attendis que le garçon ramène nos verres. Je vidai le mien d'un trait et j'en réclamai aussitôt un autre.

— Quand ils ont su que Will Kelly était à New York, ils ont eu les flubes. Ils voulaient se débarrasser de Kelly et de ses fils avant que je sois libéré. Ils avaient trop peur que le fameux symbole reprenne de la valeur. Et il en a, conclut-il en hochant la tête.

J'allumai une cigarette, la lui passai et en pris une autre pour moi-même. Tenant sa cigarette de la main droite, Kapp voulut saisir son verre de l'autre, mais il le lâcha aussitôt avec un grognement de douleur et le verre se renversa sur la table. Son visage paraissait plus maigre, plus osseux tout à coup.

— Merde ! grommela-t-il. Je ne pensais plus à cette sacrée main...

— Faites voir...

Elle avait une teinte grisâtre, avec une énorme bosse presque noire sur le dessus.

— C'est emmerdant, dis-je. Il faudrait vous trouver un toubib.

— Je ne sentais rien jusqu'au moment où j'ai pris ce verre, dit-il.

Le garçon était réapparu. D'un geste agacé, il essuya le comptoir avec un torchon à carreaux blancs et rouges. Je réglai l'addition et nous quittâmes le bar. Dans le hall de l'hôtel, je demandai l'adresse d'un médecin à l'employé de la réception. Il m'en indiqua un, c'était un peu plus bas dans la même rue.

Nous y allâmes aussitôt et le médecin examina la main de Kapp. Il lui fit une ponction, lui banda toute la main et déclara à Kapp qu'il ne pourrait pas s'en servir avant quinze jours. Il lui recommanda de changer quotidiennement son pansement et de revenir le voir dans trois ou quatre jours. Comme Kapp boitait encore, le médecin lui examina aussi le genou gauche. Il assura qu'il n'y avait pas à s'inquiéter, qu'il s'agissait d'une simple contusion. Kapp lui avait expliqué qu'il s'était cogné contre un meuble. Nous empestions l'alcool, et le toubib ne nous posa pas d'autre question.

Nous revînmes ensuite à l'hôtel. Dans notre chambre, je trouvai Bill allongé sur son lit, un petit trou sanglant au milieu du front. Il serrait encore le Luger dans sa main droite.

CHAPITRE XVIII

J'eus affaire à trois flics. L'un, en civil, faisait partie de la police locale. C'était une espèce de clown au rabais qui mâchonnait une chique. Le second dépendait du parquet du comté : le genre fouine affligée de la folie des grandeurs. Le troisième appartenait à la Brigade Criminelle de la police d'Etat ; un type gris et glacial, qui devait être dépourvu de glandes lacrymales.

Je leur racontai tout : que Bill avait perdu sa femme deux mois plus tôt dans un accident d'auto et qu'il faisait de la dépression depuis. Qu'il possédait le Luger depuis des années, mais que je ne savais pas qu'il l'avait emporté. Que nous avions décidé de faire un petit voyage pour nous changer les idées, et pour essayer d'oublier nos deuils récents... Mais Bill se sentait de plus en plus déprimé et il avait fini par se suicider...

Le flic local goba mon histoire sans difficulté, en même temps que le jus de sa chique. L'enquêteur du parquet, lui, aurait préféré quelque chose de plus original, mais il n'avait pas envie de se fatiguer. Quant à l'inspecteur de la Brigade Criminelle, il ne crut pas un mot de ce que je lui racontais, mais il s'en foutait. Il n'était là que pour graver mes traits dans sa mémoire.

On classa donc l'affaire, en concluant au suicide. Pourtant, la mise en scène me paraissait bien grossière. Sans compter que Bill n'était pas le genre de type à s'envoyer en l'air...

Le flic local avait convoqué un entrepreneur de pompes funèbres. C'était probablement son beau-frère. Le croque-mort se frotta les mains en me voyant. Je savais qu'il allait m'empiler, et il savait que je le savais et que je serais bien obligé d'en passer par où il voudrait.

Le jeudi soir, je partis me cuiter à mort. De bar en bar, je me rapprochai progressivement de la base aérienne. Au moment où je commençais à m'empoigner avec un sergent major, le flic de la Brigade Criminelle surgit du néant, m'embarqua dans la Ford grise avec laquelle il m'avait suivi, et me ramena à l'hôtel.

— Tâchez de ne pas faire comme votre frère, me conseilla-t-il avant de me laisser descendre.

Je le toisai.

— Et qu'est-ce qu'il a fait, mon frère, à votre avis, puisque vous êtes si malin ?

— Je ne sais pas au juste, répliqua-t-il. Mais tenez-vous-le pour dit.

— Va te faire foutre ! lui lançai-je.

J'ouvris la portière avec difficulté et gagnai en titubant le hall de l'hôtel. Je ne revis jamais le flic et je ne sais pas encore quelle mouche l'avait piqué. Je l'avais peut-être convaincu. A moins qu'il se soit lassé.

Dans ma chambre, je m'allongeai sur mon lit. Pendant un bon moment, je n'arrivai pas à me rendre compte de ce qui clochait. Et brusquement, je compris : je n'entendais plus la respiration de Bill dans le lit voisin. Pauvre vieux Bill, si droit, si chic...

J'aurais aimé discuter le coup avec Kapp, mais nous avions décidé d'un commun accord qu'il valait mieux qu'on ne nous voie pas ensemble, tant que toute la flicaille ne serait pas rentrée à la niche. Ça n'aurait fait que compliquer les choses si j'avais mis Kapp dans le coup. Du reste, comme je le leur avais dit, j'étais effectivement seul, lorsque j'avais découvert le cadavre de Bill.

A la fin, je me relevai et je redescendis faire un tour. Malheureusement, tous les bars de Plattsburg étaient fermés. Je revins donc dans ma chambre où je restai assis sur mon lit à fumer, toutes lumières éteintes. Chaque fois que je tirais une bouffée, la pièce s'illuminait d'un reflet rougeâtre et le couvre-pied semblait bouger sur le lit voisin. Au bout d'un moment, je rallumai et m'endormis.

Le vendredi après-midi, l'oncle Henri arriva de Binghamton. Nous ne tardâmes pas à nous engueuler. Il voulait ramener le corps de Bill à Binghamton, tandis que je préférais le faire inhumer sur place au plus vite. Pour moi, il ne s'agissait plus de Bill, mais d'un petit tas de chair et d'os. Le vrai Bill n'existait plus.

Mon point de vue finit par prévaloir, étant donné que j'étais décidé à régler les frais de l'enterrement.

Après les obsèques, je mis la voiture de Bill dans un garage. Maintenant, elle m'appartenait, mais je ne pouvais pas la conduire tant que les papiers n'étaient pas à mon nom et cela demandait du temps.

L'oncle Henri me raccompagna à ma chambre.

— Tu rentres à Binghamton avec moi ? me demanda-t-il.

— Moi ? Mais je n'ai plus aucun endroit où aller là-bas.

— Tu peux toujours t'installer à la maison, si tu veux. Tante Agathe sera ravie de te recevoir.

Je le remerciai.

— Non, je n'ai pas envie de retourner à Binghamton. Pas pour l'instant en tout cas.

— Tu es assez grand pour savoir ce que tu as à faire, Ray. Mais tu seras toujours le bienvenu chez nous.

— Merci.

Nous restâmes un instant silencieux. Il voulait me dire quelque chose, mais il ne savait pas comment s'y prendre. Comme j'ignorais de quoi il s'agissait, je ne pouvais pas l'aider.

— Et pour Betsy ? Qu'est-ce qu'on va faire ? finit-il par me dire après s'être éclairci la voix.

— Betsy ? Qui est-ce ?

— La petite fille de Bill. C'est nous qui nous sommes occupés d'elle jusqu'à présent.

— C'est vrai, je l'avais complètement oubliée !

— Nous ne demanderions pas mieux que de la garder. J'aimerais même l'adopter. Est-ce que tu y verrais une objection ?

— Moi ? Mais non, bien sûr. Pourquoi me demandes-tu cela ?

— Parce que tu es son oncle. Son plus proche parent...

— Je ne l'ai jamais vue. Et je n'ai pas de maison, pas de foyer, rien...

— En ce cas, je vais m'occuper des premières formalités. Il faudra peut-être que tu signes certains papiers... Je n'en sais rien... Où pourra-t-on te joindre ?

— Je vous écrirai dès que j'aurai une adresse fixe.

— Très bien.

De nouveau, il toussota.

— Il va falloir que je reparte. Je n'aime pas conduire la nuit...

Je le raccompagnai à sa voiture.

— Ah ! je savais bien que j'oubliais quelque chose ! dit-il soudain. Pour la maison de Bill...

— Oh ! je t'en prie, pas maintenant ! Une autre fois... l'année prochaine... Foutez-moi la paix avec ça !

— Bon, comme tu voudras. Tu as raison... Mais surtout n'oublie pas de m'envoyer ton adresse. D'ici là, je m'occuperai de tout.

Quand il fut parti, j'allai acheter deux bouteilles de scotch. Et puis je me rappelai que j'étais seul. Je les montai cependant toutes les deux dans ma chambre et je m'accroupis en tailleur sur mon lit, pour boire, fumer et réfléchir. Petit à petit, je réussis à me détendre et à reprendre le fil de mes idées.

Vers neuf heures, Kapp vint frapper à ma porte. Je me levai pour lui ouvrir.

— Ton oncle est reparti chez lui ? me demanda-t-il.

— Dans l'après-midi, expliquai-je.

— Je sais, je le surveillais. Personne ne t'a suivi. Ils ont dû accepter la version du suicide.

— Pas vous ?

— Dis pas de conneries ! Je n'y crois pas plus que toi. Mais si le travail a été fait par un professionnel, ça prouve qu'ils ont bougrement perdu la main. De mon temps...

— Je sais.

Il pointa vers son front son index tendu.

— L'angle de tir ne colle pas, m'expliqua-t-il. Tu vois ce que je veux dire ? La balle l'a atteint de plein fouet et par-devant. Je l'ai vu tout de suite. Et trop haut pour qu'il ait pu tirer lui-même...

— Oui, j'ai remarqué.

— Qu'est-ce que tu bois ? J'ai amené une bouteille de scotch. Du « House of Lords ».

Il tenait sous un bras un paquet enveloppé de papier brun. Il en déballa une bouteille qu'il m'exhiba fièrement.

— Tu en veux ?

— Merci. J'ai le mien.

Je me rassis sur le lit, et il s'installa dans un fauteuil.

— Tu as envie de bavarder, Ray ? demanda-t-il.

— Oui, si tu veux...

— Juste avant qu'on découvre le cadavre de Bill, j'allais te poser une question. Tu devines laquelle ?

— Je crois, oui.

— Je veux passer à l'action, Ray. Il faut d'abord que je me trouve une base d'opération. Après, je réunirai quelques amis à moi, pour leur dire que nous sommes d'accord et qu'ils peuvent compter sur Eddie. La première chose qu'ils me demanderont, c'est si mon fils marche avec moi. Qu'est-ce que je devrai leur répondre ?

Sans mot dire, je déchiffrai lentement l'étiquette de ma bouteille de whisky. Il était garanti à trente-cinq degrés.

Kapp attendit un moment, puis il se remit à parler très vite, comme pour rattraper le temps perdu.

— Je vais te dire comment les choses se présentent, Ray. D'une manière ou d'une autre, il faut que ça pète ou que ça craque ! Les anciens rappliquent les uns après les autres et chacun choisit son camp. Que tu me dises oui ou non, ça n'y changera rien, comprends-tu ? (Il braqua vers moi son index tendu et fit mine de me viser.) Si tu me dis non, la seule différence, c'est qu'Eddie Kapp ne dirigera pas les opérations. Il y aura peut-être de la bagarre, avant que ça se décide, je n'en sais rien, mais, de toute façon, Eddie Kapp ne sera pas dans le coup. Il ne me restera plus qu'à persuader ma sœur de plaquer son jules et de venir avec moi en Floride.

— Il paraît que c'est très agréable, par là-bas ? remarquai-je.

— C'est tout ce que tu trouves à me répondre ? fit-il en fronçant le sourcil.

— Je ne sais pas encore. Allez toujours...

— Bon. Donc, je veux que tu marches avec moi. Qu'il n'y ait plus que ça qui compte pour toi, tu comprends ? Enfin, quoi, merde, tu es mon fils, après tout ! Je ne me doutais pas que je réagirais comme ça. Quand ils m'ont foutu en taule, tu n'étais encore qu'une espèce de petit ver blanc dans un berceau, tu comprends... Je t'ai peut-être vu trois ou quatre fois en tout. Tu n'étais pas vraiment une personne, si tu vois ce que je veux dire.

— Et maintenant, votre cœur est tout rempli d'amour paternel ?

— Si tu veux. Bon, mais avec tout ça, mon verre est vide !

Il se servit une large ration.

— Je ne te demande pas de me rendre la pareille, reprit-il. Je sais bien que je suis un drôle de père. Mais ça me fiche quand même un coup. Parole d'homme !

— Oh ! je comprends parfaitement. Et je ne voulais pas vous vexer, vous savez.

— Bien sûr. D'ailleurs, qu'est-ce que ça peut foutre ? Mais il faut que tu comprennes bien pourquoi je voudrais que tu marches avec moi. D'abord, parce que tu es mon fils, tout bonnement. Et puis, parce que, si tu marches avec moi, je peux réussir mon coup. Il y a des tas de pognon à ramasser à New York, Ray, crois-moi, des tas et des tas.

Je levai la main.

— Hé ! minute ! D'abord, le fric, je m'en fous. Ensuite, je n'ai pas l'intention de fourrer mon nez dans les affaires des gangs. Et je ne m'en sens pas pour prendre votre succession.

— Si c'est ton idée...

— Oui, c'est mon idée ! Vous avez d'autres arguments ?

— Tout dépend de tes intentions, répliqua-t-il.

— A quel point de vue ?

— Si tu tiens toujours à te venger, tu devrais marcher avec moi. Nous avons les mêmes adversaires. (Il avala la moitié de son verre d'un trait.) Evidemment, tout dépend de tes projets, conclut-il.

— Evidemment...

J'allongeai la main vers la table de nuit, et je pris la bouteille. Je n'avais que faire du verre que je balançai sur le lit de Bill et je me plantai le goulot entre les dents.

— J'ai déjà réfléchi à tout ça, dis-je. Depuis le départ de mon oncle, j'en ai jusque-là. Je me demandais ce que j'allais foutre dans la vie. Vous voulez savoir ce que je me disais ?

— Mais bien sûr ! C'est justement ça que je veux savoir.

— Ah ! oui ? Eh bien, voilà... je vous dis mon idée comme elle m'est venue... pour le moment, je suis à la dérive. Je n'ai pas de maison, pas de but dans l'existence, rien que des petits bouts de projets éparpillés... venger un père qui n'est pas le mien... venger une belle-sœur que je n'ai jamais vue de ma vie... Protéger une nièce dont je me fous éperdument... vous aider à faire une révolution de palais qui ne me rapportera strictement rien... faire payer à quelqu'un la perte d'un œil que rien ne me rendra jamais... sauver ma peau, qui n'en vaut pas la peine tant que je n'aurai pas un véritable but dans la vie... venger mon demi-frère — et là, du moins, c'est le sang de ma vraie famille qui a coulé ! Dans tout ça, il y a au moins un but qui mérite d'être poursuivi, mais je me heurte partout à des murs.

— Quel but ? dit-il en se déplaçant sur son fauteuil.

— Quelque part dans New York, il existe un homme qui a donné un ordre : « Supprimez-moi la famille de Ray Kelly... » D'autres que lui l'ont fait, mais ils n'étaient que des prolongements de ce doigt inconnu. C'est ce doigt-là que je veux couper. Pas parce qu'il m'a tué un père adoptif, un demi-frère ou une demi-belle-sœur, mais parce qu'il a bousillé mon foyer. Alors, pour l'instant, il ne me laisse pas le choix et je ne vois qu'une chose à faire : l'abattre.

Il vida son verre, puis l'emplit de nouveau.

— Mais ça, fiston, tu t'arrangeras comme tu voudras. De toute façon, tu en auras aux mêmes gars que moi : les grossiums du syndicat de New York. On jouera le même jeu. Qu'est-ce que ça fait si c'est pas pour les mêmes raisons ? Pourquoi veux-tu t'attaquer à eux tout seul ?

— Parce que c'est une affaire personnelle entre eux et moi.

— On peut s'entendre, tous les deux : tu m'aides et je t'aide.

— D'accord. Comment s'appelle le gars qui a donné les ordres ?

— Hein ?

— Celui qui a décidé de tuer Will Kelly. Comment s'appelle-t-il ?

— Comment veux-tu que je le sache ?

— Vous voulez la couronne : il faut bien que vous sachiez qui la porte en ce moment !

— Oui, bien sûr. Mais on voit que tu ne connais rien à ce genre d'opérations. Ça peut être n'importe qui entre une demi-douzaine de citoyens. Je ne sais pas lequel, moi, bon Dieu !

— Je vous propose un marché honnête : vous me donnez le nom que je cherche, et, moi, je vous donnerai deux semaines. Ça doit largement vous suffire. Les types que vous voulez impressionner n'ont pas besoin de me voir longtemps. Une fois que vous vous serez organisés, ils auront trop à faire pour se demander où sera passé votre lardon.

— C'est sérieux ? Tu resteras avec moi jusqu'à ce que le train soit mis sur les rails ?

— Pas plus de deux semaines ! Autrement dit, jusqu'à... voyons, quel jour sommes-nous aujourd'hui ? Jeudi c'était le 15, on est donc le 17. Le mois de septembre a trente jours... O.K... Le samedi 1er octobre, je vous rends mon tablier.

— Mais tu feras semblant d'être absolument décidé à rester, hein ?

— D'accord.

— Tu es mon fils et mon héritier, c'est bien compris. Dans l'esprit de ces gars-là, tu seras tout à fait décidé à me remplacer sur le trône, quand j'aurai cassé ma pipe ? Ça colle ?

— Entendu. Et de votre côté, vous n'aurez qu'à me donner le nom qui m'intéresse.

— D'ac. Le 1er octobre, tu l'auras. A ce moment-là, je saurai qui c'était.

— Ah ! non, Kapp, pas question !

Il se releva d'un bond, en posant violemment son verre vide sur la commode.

— Merde, alors ! Mais puisque je te dis que je ne sais pas qui a fait le coup. Sois donc un peu raisonnable, Ray ! Je pourrais te donner un nom et tu goberais l'appât les yeux fermés, tu le sais très bien. Mais je ne sais pas avec certitude lequel est le bon et j'essaie de jouer franc jeu avec toi. Moi aussi, comprends-tu, je veux que tu le descendes. Ça ne peut présenter que des avantages pour moi, si tu vois ce que je veux dire...

— Oui.

— Je te trouverai son nom. Je le saurai avant quinze jours. Je t'en donne ma parole.

— C'est bon.

— Tope là !

Je lui serrai la main. Après son départ, je liquidai la seconde bouteille.

CHAPITRE XIX

Le lundi après-midi, nous quittâmes Plattsburg. Le vendredi précédent, Kapp avait donné ordre à deux banques de New York et de Jersey City de virer des fonds considérables au crédit d'un compte qu'il s'était fait ouvrir dans une banque locale. Il en avait ensuite prélevé la totalité en espèces. Le lundi, nous passâmes à l'agence Cadillac de l'endroit et Kapp acheta comptant le modèle exposé en vitrine. Je dus prendre le volant car Kapp n'avait pas de permis. Je m'habituais de plus en plus à apprécier la perspective avec mon seul œil gauche et, au bout d'un moment, je m'arrangeai pour caler confortablement mon pied droit sur l'accélérateur sans trop souffrir.

Nous filâmes vers le lac Georges, et Kapp loua une villa sur la rive est. Il avait entendu dire que tout était construit au nord et à l'ouest et ça l'embêtait. Mais, dans ce coin-là, les choses n'avaient pas tellement changé depuis le bon vieux temps.

La villa était une grande bâtisse blanche, au milieu des pins, à flanc de coteau, entre le lac et un chemin de terre qui longeait la crête de la colline. Nous garâmes la Cadillac dans une petite clairière et suivîmes un sentier jusqu'à une petite boîte à lettres en métal fixée à un piquet, à côté d'une barrière en bois qui marquait l'entrée de la propriété.

Nous poussâmes la barrière et descendîmes une douzaine de marches de bois qui menaient à une porte en treillis métallique donnant accès à une véranda entourée de tous côtés par des treillages. De ce côté, la maison semblait assez petite. Mais cette véranda constituait en réalité le deuxième étage de la maison vue du côté du lac, car la pente du terrain était assez forte.

L'étage par où l'on pénétrait comportait trois grandes pièces tapissées de raphia et garnies de meubles en bambou et en rotin. Des coussins bordeaux étaient éparpillés un peu partout. Il y avait aussi une cuisine, blanche et propre comme une salle d'opération pour lilliputiens, dont la fenêtre donnait sur la véranda, juste au-dessus d'un tas de caisses vides. Au milieu de l'étage s'ouvrait une cage d'escalier rectangulaire aux marches couvertes d'un tapis de caoutchouc noir. Le premier étage se composait de quatre pièces lambrissées de noyer, dont les étroites fenêtres étaient encadrées de petits rideaux verts. Au rez-de-chaussée, quelques remises et un hangar à bateaux. La villa était entourée d'arbres sur trois côtés. Les petites vagues du lac venaient mourir au pied de la façade.

En arrivant, nous constatâmes que le téléphone n'était pas branché, mais il était trop tard pour nous occuper de cela. Dès le lendemain matin, nous fîmes le tour du lac en voiture et passâmes à la poste pour demander qu'on nous rétablisse la ligne. Il faisait doux pour la saison et je fis l'emplette d'un slip de bain avant de regagner notre nouvelle demeure.

C'est à peine si nous échangeâmes trois paroles pendant le trajet. Kapp était tout entier à ses projets. Quant à moi, je bouillais d'impatience. J'avais eu la même impression pendant que Beeworthy faisait tourner son magnétophone, mais cela n'avait duré qu'une demi-heure, tandis que la situation présente allait durer deux semaines. Je n'étais pas sûr de pouvoir tenir le coup aussi longtemps ! Mais je savais bien qu'il m'aurait fallu beaucoup plus de temps pour découvrir le nom que je cherchais si je m'étais contenté d'arpenter New York, livré à mes seules ressources. J'avais dit un jour à Bill que je n'avais pas l'intention d'entreprendre une autre guerre du Pacifique, et je n'avais pas changé d'avis.

Dans la chambre que je m'étais attribuée, il y avait un grand miroir contre la porte de la penderie. L'après-midi, en mettant mon maillot de bain, je m'y regardai longuement. Mon accident remontait maintenant à deux mois et demi, et c'était la première fois que je me voyais tout entier dans une glace.

Mes deux jambes étaient zébrées de cicatrices blanchâtres qui s'entrecroisaient jusqu'à mes chevilles. Celle de droite avait un aspect anormal. Il y manquait deux petits os et les médecins avaient dû la rafistoler tant bien que mal. Elle paraissait trop mince et trop lisse. Elle ressemblait plus à un bout de tuyau qu'à une articulation humaine. D'autres cicatrices ornaient mon genou droit, mon ventre et mon épaule droite.

Je rabattis la porte de la penderie contre le mur pour masquer le miroir, et, à partir de cet instant, je ne la refermai plus jamais. Ensuite, j'allai me baigner dans le lac.

Le temps resta chaud jusqu'à la fin de la première semaine. Je me baignai souvent, toujours tout seul. Kapp, lui, passait la majeure partie de son temps au téléphone. Il lança un grand nombre d'appels en direction de New York, de Miami, de Saint Louis et ailleurs. Au bout de deux ou trois jours, il commença à recevoir des coups de téléphone. Nous causions très peu. Je ne savais pas ce qu'il fricotait, et je m'en balançais ; quant à lui, il était trop accaparé par ses projets pour me faire la conversation. Il se contentait de m'adresser des sourires épanouis agrémentés de clins d'yeux toutes les fois qu'on se rencontrait.

Nous avions constitué un abondant stock de whisky et, le plus souvent, il avait un verre à la main. Il fumait cigare sur cigare et sa voix s'enrouait de plus en plus. Il respirait la joie de vivre.

L'air était tiède, mais l'eau déjà très froide, ce qui n'était d'ailleurs pas pour me déplaire. Je ne pouvais pas nager aussi bien qu'autrefois parce que mes battements de pieds étaient mal coordonnés, mais je ne m'en tirais pas trop mal.

Par contre, j'avais beaucoup de mal à dormir la nuit. Je gardais une bouteille de whisky à portée de la main en guise de somnifère, et je laissais une lampe allumée en permanence. Je restais des heures entières à contempler le plafond. Ce qui m'arrivait là, je ne l'avais pas cherché, et je me faisais autant de mal à moi-même qu'on m'en avait fait. Mais je ne pouvais plus faire marche arrière. Le 12 juillet, quelque chose avait craqué dans la vie d'un nommé Ray Kelly, et je ne pouvais pas ressusciter cette dernière bonne journée de ma vie. Il me fallait continuer à avancer dans le tunnel et espérer qu'au bout je trouverais une issue.

Vers la fin de la semaine, Kapp vint me trouver.

— On va aller faire des courses en ville, me dit-il. J'attends des invités. Ils seront sans doute ici lundi ou mardi prochain. J'ai fait une liste de commissions.

Nous achetâmes un tas de victuailles, un gros stock de bière et un supplément de whisky. Nous nous procurâmes aussi quatre lits de camp ainsi que des couvertures et des oreillers bon marché. Comme nous rentrions, le téléphone se mit à sonner. Il sonna d'ailleurs presque sans discontinuer pendant tout le week-end. Kapp mâchonnait si fébrilement ses cigares, qu'il les réduisait rapidement en bouillie, mais maintenant, il souriait sans cesse, comme un joueur qui vient de gagner. Même quand il restait assis dans un fauteuil, il était encore occupé. Je l'enviais !

Le samedi, un méchant vent du nord se leva, abaissant brusquement la température et changeant le lac en une étendue grisâtre et écumeuse. Nous dûmes fermer les fenêtres et allumer des radiateurs électriques dans toutes les pièces.

Le dimanche, je passai un chandail et je partis faire un tour dans la forêt. Tout était paisible. Sous les pins, le sol avait une chaude couleur brune. Je songeais qu'il serait bien agréable de marcher ainsi indéfiniment sous les arbres. J'aurais aimé être un Indien — avant l'arrivée des Blancs.

Le téléphone sonnait quand j'étais sorti et il sonnait encore à mon retour. Je descendis un transat sur l'appontement où je m'installai, face au lac. Cette nuit-là, le téléphone cessa définitivement de sonner.

Le lundi, vers le milieu de l'après-midi, alors que j'étais occupé à préparer deux drinks dans la cuisine, un klaxon lança un bref appel. Je jetai un coup d'œil par la fenêtre et j'aperçus une voiture étincelante arrêtée devant la barrière. Un chauffeur en livrée se tenait au volant, raide comme la justice.

— Voilà du monde, annonçai-je.

Kapp fit le tour de la table et s'arrêta à côté de moi.

— Va voir qui c'est, me dit-il.

Je grimpai les marches en boitillant et m'arrêtai devant une Cadillac gris perle, en tous points semblable au corbillard qui avait emporté le cadavre de Mac Ardle. Trois individus massifs étaient installés dans le fond. On ne voyait du chauffeur que sa casquette noire et son gros nez rond. Il gardait les deux mains posées très haut sur le volant et ne m'accorda pas un regard.

J'allai me planter devant la portière arrière.

— On voudrait voir Eddie Kapp, dit l'homme assis au milieu de la banquette.

— Faudrait d'abord savoir qui vous êtes, répliquai-je.

— Annonce Nick Rovito.

J'allai prévenir Kapp. Il me dit que c'était O. K. et sortit à leur rencontre, en faisant claquer derrière lui la porte en treillis.

— Salut, Nick ! lança-t-il.

— C'est toi, vieux sagouin ! hurla quelqu'un dans la voiture.

Les portières claquèrent et le chauffeur manœuvra en marche arrière pour dégager le chemin.

Les trois hommes qui venaient de descendre présentaient tous des caractéristiques communes : la cinquantaine bien sonnée, des corps trapus, des cous de taureau et de grosses têtes. Ils portaient des pardessus très ajustés et gardaient les mains enfoncées dans leurs poches. Ils souriaient tous, de leurs grosses lèvres lippues, les yeux mi-clos. Rovito tendit la main à Kapp, qui la lui serra. Les deux autres saluèrent Kapp d'un signe de tête, avec un clin d'œil et il leur rendit leur salut la bouille fendue par un large sourire. Tout le monde entra dans la villa.

— Comment tu t'appelles, toi ? demanda Rovito en me regardant.

— Ray Kelly.

Il me dévisagea avec plus d'attention en faisant la moue et renfonça ses grosses pattes dans les poches de son pardessus.

— Beuh ! fit-il en se tournant vers Kapp.

Il semblait dire : « Faudra voir ! »

— Venez boire un coup, proposa Kapp. J'ai du « House of Lords ».

— Pas pour moi, merci, dit un des invités. Mon toubib me l'interdit.

Il paraissait gêné.

— Tu sais encore verser à boire, au moins ? demanda Rovito.

— J'ai encore la main. T'en fais pas pour ça, bonhomme !

— Alors, vas-y.

Ils entrèrent dans le living-room et prirent des chaises. Je restai un moment avec eux, mais ils évoquaient leurs souvenirs du bon vieux temps et des anciens copains. Voyant que personne ne m'accordait la moindre attention, je descendis jusqu'à l'appontement. Par une fenêtre ouverte du living-room au-dessus de moi, j'entendais le bourdonnement de leur conversation, sans pouvoir distinguer leurs paroles.

Au bout d'un quart d'heure, le type auquel son médecin interdisait l'alcool vint me rejoindre sur l'appontement et s'adossa contre le hangar à bateaux. Il alluma une cigarette et jeta l'allumette dans l'eau, en fixant d'un œil absent pendant deux bonnes minutes la surface du lac. Il se tourna ensuite vers moi.

— Tu boites, on dirait ?

— Oui.

— Tu es tombé de ton scooter, probable ?

Je vis qu'il se foutait de moi.

— Non, dis-je seulement.

— Je vois. On n'est pas bavard, hein ? Monsieur veut nous la faire à l'indifférence ?

Depuis quelques minutes, je n'entendais plus de voix au-dessus de moi, mais je me gardai de tourner la tête vers la villa. Je me levai, repliai mon deck chair et le balançai en plein dans la poitrine du type. Il se courba en deux, et j'en profitai pour lui en assener un second coup sur la nuque. Il roula à terre et je le basculai dans la flotte. Alors, seulement, je levai les yeux vers les visages qui m'observaient.

— Vous êtes contents ? demandai-je.

Kapp se tordait. L'autre type aussi. Rovito hocha la tête.

— Couci, couça, fit-il.

Je me dirigeai vers l'escalier.

— Hé, là ! me cria Rovito. Et Joe ?

— Eh bien, quoi, Joe ? demandai-je en relevant la tête vers lui.

— Tu ne vas pas l'aider à sortir du jus ?

— Non. Je ne rigolais pas. Ce n'est pas dans mes habitudes.

Je remontai dans ma chambre et sortis ma bouteille de whisky de dessous mon lit.

Je les entendis dégringoler l'escalier pour aller repêcher leur petit copain.

CHAPITRE XX

Deux autres invités débarquèrent le lundi soir et le téléphone sonna plusieurs fois pour annoncer d'autres arrivants qui s'étaient installés dans divers motels de l'autre côté du lac. Le mardi, nous avions déjà dix personnes à la villa. Pour ma part, je passai la majeure partie de mon temps dans ma chambre. Chaque fois que quelqu'un ouvrait ma porte par erreur, il disait « Oh ! pardon », et ressortait aussitôt. Personne ne me demanda qui j'étais et on ne me présenta à personne. Mais chacun savait parfaitement à quoi s'en tenir sur mon compte.

Le mercredi, à onze heures du soir, l'assemblée générale put s'ouvrir. De nombreuses Cadillac encombraient le chemin. Deux seulement étaient immatriculées à New York. Les autres venaient de Floride ou de Californie. Certains des chauffeurs poireautaient près des voitures, d'autres étaient entrés dans la maison.

Les deux grandes pièces du dernier étage qui donnaient sur le lac avaient été préparées pour la réunion. On avait rassemblé là tous les sièges, toutes les tables, tous les cendriers, toutes les corbeilles à papiers de la maison. Le réfrigérateur était bourré de bouteilles de bière et de glace. Les placards regorgeaient de whisky de toutes marques. Les premiers arrivants s'étaient mis à jouer au poker en attendant les autres.

Kapp vint me trouver dans ma chambre à dix heures et demie. Il portait un des complets noirs qu'il avait achetés à Plattsburg, sur une chemise blanche et une cravate noire. Son col et sa cravate étaient, l'un trop pointu, l'autre trop large, de même que ses souliers vernis. Il fumait un cigare noir et portait, à l'auriculaire gauche, une chevalière en or blanc. Une pochette blanche dépassait la poche de poitrine de son veston. Ses cheveux gris, soigneusement lissés, jetaient des reflets. Il semblait avoir pris soudain plus de poids, plus de personnalité.

— Le grand moment est arrivé, hein, fiston ? me lança-t-il.

On aurait dit un acteur dans les coulisses, grimé et costumé, prêt à faire son entrée en scène.

Il s'assit au bord de mon lit et regarda la bouteille vide posée à terre à côté du cendrier.

— Tu n'es pas noir, au moins ? demanda-t-il.

— Non, non...

— Il faut que je te rancarde un peu sur nos invités.

J'allumai une cigarette et attendis la suite. Puisqu'il était en veine de confidences, je n'avais qu'à l'écouter.

— On sera quarante, toi et moi compris, dit-il. Nick Rovito, Irving Baumheiler et le petit Irving Stein sont ici parce que j'y suis. Sept autres sont venus, parce que ces trois-là le leur ont demandé. Douze autres, à cause des sept précédents. Et seize de plus, à cause des douze autres. Tu piges ?

Je pigeais.

— Bon. C'est Nick et les deux Irving qu'il faut tenir à l'œil et personne d'autre. Pour toi, il n'y a que ces trois-là qui comptent : Nick Rovito, Irving Baumheiler et le petit Irving Stein. Tu les connais déjà de vue, je suppose ?

— Sauf le dernier — celui que vous appelez le petit Irving.

— C'est un petit mec chauve. Tu le repéreras tout de suite.

— Très bien.

— Et maintenant, écoute-moi bien : tout ce que tu auras à faire, c'est de te tenir près de moi. Tu n'auras même pas besoin de l'ouvrir, si tu n'en as pas envie. Moins tu en diras, mieux ça vaudra probablement. Mais ne me quitte pas d'une semelle tant qu'on n'aura pas fini de discuter. Si tu as besoin d'aller pisser, vas-y tout de suite.

Je lui dis que non.

— Tu es bien sûr ?

— Puisque je vous le dis !

— Ça va, te fâche pas ! Je disais ça pour te prévenir. Il ne faut pas que tu me quittes une seconde. Tu te tiendras à ma droite. Tu as compris ? Tout le temps à ma droite.

— D'accord.

— Tu as le Luger de ton frère ?

— L'autre revolver est plus commode : il est moins gros.

— Où est-il ?

Je lui désignai la commode.

— Dans le tiroir du haut.

— Prends-le. Arrange-toi pour le sortir, de temps en temps, histoire de le montrer. Mais entre-temps, planque-le. Tu vois ce que je veux dire ?

— Je le mets dans ma ceinture, sur le côté ?

— Très bonne idée.

Il se leva et lissa avec soin son veston et son pantalon. Sans me lever de mon lit, je tendis un bras vers le cendrier et le déposai sur ma poitrine.

— Comprends-moi bien, reprit-il : il ne s'agit pas de faire un carton. Mais si quelqu'un avait envie de voir si tu es capable de défourailler, il faut qu'il soit fixé.

— O.K.

Il fit le tour de la chambre, en soufflant sa fumée de cigare comme un gros banquier.

— La plupart des mecs qui se trouveront là ce soir sont ce que tu pourrais appeler des cadres. Ils savent très bien faire marcher une équipe de sous-ordres, à condition que quelqu'un leur dise ce qu'ils doivent faire. Quelqu'un comme Nick, ou comme Irving, par exemple. Tu piges ?

Les yeux au plafond, j'exhalai lentement la fumée de ma cigarette. Le cendrier était resté posé sur ma poitrine. Kapp arpentait maintenant la chambre en discourant, comme si ça le soulageait.

— Les autres, ce sont les indépendants. New York, ça fait un gros morceau ! Il y a des indépendants qui travaillent dans les limites de la ville sans même payer tribut à l'Organisation. Ils ramassent des paris dans un coin de quartier, ils bricolent dans des petits syndicats autonomes, des trucs comme ça... Et toujours dans des secteurs isolés : Brooklyn ou Queens. Des caïds à la gomme, quoi ! Ils ne demanderaient pas mieux que de s'incorporer à une organisation sérieuse si Nick, les Irving et moi dirigions les opérations.

— Je vois.

— Nous avons déjà constitué une demi-organisation, continua-t-il. Il ne nous reste plus qu'à mettre l'autre sur pied.

Au-dessus de nos têtes des gens allaient et venaient. Kapp regarda le plafond.

— Je ferais mieux de remonter, dit-il. Viens nous rejoindre dès que tu pourras.

— Entendu.

Il alla à la porte et l'ouvrit. Mais il se ravisa, se retourna vers moi et referma la porte.

— Il y a quelque chose qui te chiffonne, petit ? demanda-t-il.

— Rien de particulier.

Il hocha la tête en riant.

— Tête de cochon ! soupira-t-il.

— Que voulez-vous, il paraît que je ne suis pas du genre causeur !

Il ouvrit des yeux énormes.

— Tu râles encore à cause de cette petite blague qu'on t'a faite sur l'appontement ?

— Non, dis-je en reposant mes jambes sur le sol. Je m'en fous complètement et je ne râle pas.

Je posai le cendrier sur la coiffeuse et sortis le flingue de Smitty. Il était rechargé et son canon était froid.

— Habille-toi correctement, me recommanda Kapp.

— Mais oui, je sais.

— Comme râleur, on ne fait pas mieux !

Kapp sortit en rigolant et en hochant la tête.

Je passai un complet gris foncé, une cravate gris clair, des souliers noirs et une chemise à col italien. Je glissai le flingue de Smitty dans ma ceinture, du côté gauche, la crosse en dehors. Je n'avais qu'à tendre la main droite pour le sortir. Ainsi équipé, je montai les rejoindre.

Ils étaient presque tous arrivés. Les deux pièces communiquaient par une large arcade. Les fauteuils étaient disposés sans ordre autour des murs mais de façon à ce que chacun pût voir tout le monde. Les joueurs de poker avaient abandonné leur partie. Des individus aux complets trop ajustés et aux sourires huileux serraient des mains en découvrant toutes leurs dents. Trois des chauffeurs faisaient office de barmen et ramenaient sans cesse de la cuisine bière et whisky. Tout ce beau monde parlait à la fois et fumait sans arrêt. C'était le cigare qui avait les faveurs de la plupart de ces messieurs. Je me contentai d'une modeste cigarette et je fis le tour du salon en longeant les murs pour rejoindre Kapp. Il était en conversation avec Rovito et un petit type chauve au grand nez.

Kapp me prit familièrement par l'épaule.

— Tu te souviens de Nick ? dit-il.

— Oui !

Nous échangeâmes un petit signe de tête. Rovito sourit le premier.

Du bout de son cigare, Kapp me désigna son second interlocuteur.

— Et voici...

— Le petit Irving Stein, complétai-je avec un petit salut. Enchanté...

— Tu me reconnais ? Pourquoi pas, après tout ! (Il envoya un coup de coude à Kapp.) A propos, je ne t'ai pas dit que j'avais une secrétaire : elle lit des bouquins pour moi toute la sainte journée, pour relever tous les passages où on cite le nom du petit Irving. Après, je tapisse les murs de mon salon avec les couvertures. C'est presque tous des livres de poche, tu vois. J'en ai déjà la moitié d'un mur. Tu croyais peut-être qu'ils avaient oublié ? Eh bien, tu te gourais ! Personne n'a oublié, t'en fais pas, Ed. Ils sont encore pleins de reconnaissance pour les pauvres bougres qui se sont décarcassés pour leur fournir de la gnôle pendant la sécheresse. Pas vrai, Nick ?

Nick découvrit ses fausses dents, sans le regarder.

— Alors quoi, bon Dieu, on s'y met ? déclara Kapp.

Il se tourna à demi, posa son cigare sur un cendrier, se redressa et frappa dans ses mains.

— Rassemblement ! hurla-t-il.

Des rires saluèrent cet ordre, et le brouhaha s'apaisa.

— Y a des chaises pour tout le monde, dit encore Kapp.

Les choses se passèrent comme dans toutes les assemblées un peu nombreuses. Des chaises grincèrent, les conversations particulières moururent les unes après les autres et, sur une dernière quinte de toux, le silence s'établit enfin.

Nous n'étions que cinq à rester debout ; les trente-cinq autres étaient assis, les bras croisés, leurs cigares pointés vers le plafond. Je me tenais à la droite de Kapp, un peu en arrière. Nick Rovito s'adossait au mur, près d'un angle de la pièce, sur ma droite. Irving Baumheiler, un très gros homme en gilet, les pouces enfoncés dans ses goussets, était debout derrière une chaise en face de moi, entre Nick et le pilier opposé de l'arcade.

Au fond de la seconde pièce, le petit Irving Stein était resté debout, lui aussi, contre le mur.

J'étais, de loin, le plus jeune de l'assemblée. Les autres avaient tous autour de la soixantaine, et ceux qui n'étaient ni chauves ni grisonnants avaient les cheveux teints. Une bonne moitié portait des vêtements neufs, mais démodés. Ils nous observaient tous, en fumant et en attendant les événements.

Kapp fit signe à un des chauffeurs qui se tenaient à l'entrée de la cuisine. Celui-ci arriva aussitôt avec un plateau et Kapp prit un verre de whisky. Je l'imitai. Le silence était absolu.

— Il y aurait bien des choses à dire à propos de ce petit verre, commença-t-il. Ce qu'il contient a rapporté pas mal de fric à pas mal de gens. (Il sourit à son verre.) Moi, j'ai fait ma pelote à une époque où c'était illégal de se taper un petit verre de gnôle. Et, plus tard, on m'a tout fauché, parce que je n'avais pas partagé mon pognon avec ceux qui préféraient la limonade. Et quand on a fini par décider que ça devenait légal, on m'a expédié dans un endroit où on n'en servait pas, ni légalement, ni autrement. Quinze ans sans une goutte de gnôle, les enfants ! Comme sécheresse, c'est un peu long !

Il vida son verre en trois gorgées et le lança au chauffeur qui était retourné à la porte de la cuisine.

— Accouche, Eddie ! intervint Nick Rovito à mi-voix.

— Ça, c'était une petite cérémonie à ma façon, Nick. Un baptême si tu aimes mieux. Messieurs, je voudrais d'abord vous présenter mon fils : il s'appelle Ray Kelly.

Il braqua successivement son cigare vers les visages de tous les assistants, en les appelant chacun par son nom.

Je regardai les sept premiers, en gardant une expression aussi impénétrable que la leur. Après quoi, je me lassai. Je bus mon verre de whisky du numéro huit au numéro vingt et un, reposai mon verre vide sur une table, du numéro vingt-deux au numéro vingt-quatre, allumai une cigarette le temps d'arriver au numéro trente-trois, et dévisageai successivement les cinq derniers.

— Et maintenant, Nick, conclut Kapp, les présentations sont faites.

Nick ne répondit rien. Il ne fit pas le moindre mouvement.

Kapp aspira la fumée de son cigare et l'exhala lentement.

— Ils ont mis l'alcool hors la loi, reprit-il, en s'adressant cette fois aux volutes de fumée, et ensuite ils l'ont de nouveau autorisé. Mais nous, tant que ça a été illégal, on a ramassé du fric à la pelle. Et qui sait aujourd'hui ce qu'ils peuvent décider de rendre légal. Pourquoi pas la Marie-Jeanne ? Comment ils appellent ça, maintenant, Ray ? La marijuana ?

— Le trèfle, précisai-je.

— Pas joli ! Enfin... Eh bien, prenez la marijuana : c'est bien toléré par l'organisme et on s'y habitue moins qu'au tabac ou à l'alcool. Un beau matin, on apprendra peut-être en nous réveillant que c'est devenu légal.

— J'espère bien que non ! murmura un type assis sur ma gauche, pendant que quelques autres se mettaient à rire.

Kapp lui adressa un petit signe de tête.

— Eh oui, Sal, je te comprends. C'est comme pour les paris clandestins aux courses, pas vrai ? Comme si l'autorisation accordée à tous les jeux de hasard dans le Nevada était étendue à tout le pays. Mais ça viendra peut-être un jour, qui sait ? On verra peut-être partout des quartiers réservés, comme à Galveston et dans d'autres endroits encore.

— Où veux-tu en venir, Eddie ? demanda le petit Irving.

— Où je veux en venir ? A ceci : je ne vois pas pourquoi nous ne pourrions pas, dès maintenant, considérer tout ça comme parfaitement légal, ni plus ni moins. Et même avec effet rétroactif, si tu vois ce que je veux dire. Comme pour leurs saloperies d'impôts, tu comprends ?

Ils sourirent, hochèrent la tête, se trémoussèrent sur leurs sièges, en se dégourdissant les jambes, tirant sur leurs cigares et s'adressant des clins d'œil. Nick souriait lui aussi.

— C'est ça, ta grosse astuce, Eddie ?

— Exactement, Nick, riposta Eddie. Et maintenant, venons-en au gâteau.

Ils se calmèrent aussitôt.

— Il faut qu'on se rende bien compte de la taille du gâteau, reprit Kapp. Il ne s'agit pas de l'ensemble du pays. Ni même de tout l'est des Etats-Unis. Seulement de New York — avec les faubourgs, bien sûr : Jersey City, Long Island et le reste.

— Le grand New York, quoi ! suggéra quelqu'un.

— Tu l'as dit.

— Pourquoi être si modeste, Eddie ? demanda un autre.

— Explique-leur, toi, Irving, dit Kapp.

Baumheiler s'éclaircit la voix et retira ses pouces de ses goussets.

— Messieurs, dit-il, je vais vous citer cinq noms : Arnold Greenglass, Salvatore Abbadarindi, Edward Wiley, Sean Auchinachie, Vito Petrone. Ces messieurs sont de vieux amis à nous, ou tout au moins de la plupart d'entre nous. Ce sont nos contemporains, mais ils ont eu plus de chance que nous, en ce sens qu'ils n'ont pas vu leurs carrières interrompues, vers quarante ans. Ils ne demandent pas mieux que de se considérer encore comme nos amis. Eux, et d'autres amis encore, travaillent actuellement sur le plan régional et national. Ils reconnaissent avec nous que nous avons plus de droits sur le grand New York que le groupe qui l'a actuellement en main — à condition bien sûr de montrer que nous sommes capables de les éliminer. Les syndicats nationaux et régionaux, ainsi que les organisations locales des autres grands centres n'interviendront pas. Nous avons leur promesse formelle sur ce point. Ceci tient essentiellement au fait que nous ne nourrissons aucune ambition au-delà du grand New York.

— Pour l'instant ! remarqua le type qui était déjà intervenu précédemment.

Baumheiler le regarda sévèrement.

— Pour l'instant et pour toujours, rectifia-t-il. Nous ne sommes pas, nous ne serons jamais, un syndicat rival de celui qui existe déjà. Nous faisons partie de l'organisation actuelle, et nous continuerons à en faire partie.

— Tu me déçois, Kenny, remarqua le petit

Irving Stein à l'intention de son trop ambitieux collègue.

Kenny était au moins aussi âgé que Stein et deux fois plus gros. Il s'agita avec embarras sur son siège.

— Je voulais seulement que les choses soient bien précisées, dit-il.

— Si on avait l'air de guigner une plus grosse tranche du gâteau, ils s'arrangeraient pour que nous n'ayons rien du tout, expliqua Kapp. Et ça leur serait facile. Pas vrai, Nick ?

Nick hocha pesamment la tête.

— C'est vrai, dit-il. Mes copains l'ont déjà parfaitement compris.

— Les miens sont en train de le comprendre aussi, assura le petit Irving en fixant Kenny d'un œil furieux.

— Nous connaissons très bien les petits salopards qui ont la haute main sur New York, reprit Kapp. Nous les connaissons même depuis belle lurette. Autrefois, ils nous ciraient nos bottes, pas vrai ?

— Des employés de bureau, tout ça ! lança quelqu'un avec mépris.

— Voilà le mot juste, approuva Kapp. Des employés de bureau. Des petits salauds habitués à se la couler douce. Ce ne sont pas des racketteers, ce sont des hommes d'affaires. Vous voyez ce que je veux dire ? Ça vit peinard, et ça s'envoie des notes d'une direction à une autre. Un ramassis de comptables, voilà tout ce que c'est. J'ai pas raison ?

La plupart hochèrent affirmativement la tête, ou murmurèrent que Kapp avait en effet raison.

— Des comptables ! répéta Kapp. Des bureaucrates. Ils ont peur de la violence, ils ont peur du bruit et quand il s'agit de descendre quelqu'un, faut que ça se passe en douceur. De vraies gonzesses, je vous dis ! Un peu d'arsenic dans une tasse de thé, voilà leur idéal. Vous voyez ça d'ici ?

Ils éclatèrent de rire, et Kapp s'esclaffa avec eux.

— Tous des lopettes, je vous dis. Au moindre bruit, ils s'affolent. Dans leur organisation, ils n'ont même pas un bon artificier. J'ai pas raison ?

— Il n'y a plus que les amateurs qui lancent des bombes à New York, remarqua quelqu'un, d'un ton désabusé.

— On devrait les engager pour tenir nos comptes, voilà ce que je dis, continua Kapp, ce qui fit à nouveau rire l'assistance.

Ils se sentaient entre vieux copains, heureux de se retrouver et de s'entendre tous si bien.

Kapp fit signe au chauffeur qui se tenait toujours à la porte de la cuisine.

— Allez, une autre tournée, ça ne nous fera pas de mal.

On distribua des verres à la ronde et, pendant une minute, ce fut un joyeux brouhaha.

— Comme je vous le disais... cria tout à coup Kapp. (Le silence retomba net et il sourit.) Comme je vous le disais, ces charmants garçons sont tous des lavettes. Savent-ils seulement que nous allons passer à l'offensive ? Bien sûr qu'ils le savent ! Est-ce que ça leur fout la trouille ? Une telle trouille mes enfants, que, malgré tout, ils en sont venus aux grands moyens — aux moyens qui font du bruit. Parole ! Ils ont déjà essayé de descendre mon fils, Ray, ici présent. Et ils ont descendu son père adoptif, Will Kelly. Vous vous souvenez de Will Kelly, les enfants ?

Tous affirmèrent s'en souvenir parfaitement.

— Moi aussi, ils ont essayé de me descendre, juste au moment où je sortais de Dannemora, reprit Kapp. Vous avez déjà entendu parler d'un mec qui *essaie* d'en descendre un autre, vous ? En tout cas, ils ont raté le coup. Ils ne savent même pas s'y prendre !

— On a compris, Eddie, intervint Nick Rovito.

— Il faut que j'en sois bien sûr, répliqua Kapp. Tout ça pour dire que nous n'avons pas du tout affaire à des gars comme les frères Genna, comme Lepke ou comme la bande d'Albert A. Ça n'a rien à voir... C'est une bande de mauviettes que nous allons attaquer. (Il se fit tout à coup plus allègre, plus dynamique.) Eux, ils sont dans la place et nous dehors, mais nous n'allons pas nous y introduire à leur manière. On opérera à notre façon — ou pas du tout.

— Souviens-toi de Dewey, Ed, objecta Baumheiler. Il ne faut quand même pas trop inquiéter l'opinion.

— Faut ce qu'il faut, Irving ! On veut les foutre dehors et prendre leur place, oui ou non ? Il s'agit de savoir jusqu'où on peut secouer le cocotier pour ramasser les noix. Je te promets de ne pas y aller plus fort qu'il ne faudra.

Baumheiler mâchonnait lentement son cigare.

— Je ne suis pas chaud pour faire du pétard, déclara-t-il. Le plastic, les giclées de sulfateuse, les macchabs en pagaïe, moi, ça ne m'emballe pas trop. Et je ne suis pas plus dégonflé qu'un autre.

— Qu'est-ce qui t'inquiète tellement dans tout ça, Irving ? demanda Nick Rovito.

— La publicité, monsieur Rovito. Je ne...

— Tu peux m'appeler Nick, Irving.

— Merci, monsieur Rovito. Je n'aime pas...

— Ecoute. Irving, reprit Kapp, il s'agit de savoir si on veut aboutir ou pas ?

— On a quand même le droit de discuter la question, Eddie !

— Entre copains, et en s'appelant par son prénom, Irving, oui, d'accord... mais pas autrement. Quand nous serons dans la place, vous pourrez recommencer à vous bouffer le nez, Nick et toi, mais, pour l'instant, il s'agit de travailler en équipe.

— Autrefois, ça marchait, répliqua Baumheiler, en coulant un regard oblique du côté de Nick ; et pourtant on n'était pas toujours d'accord !

— Appelle-le par son prénom, Irving. On est tous de vieux copains.

Baumheiler haussa ses lourdes épaules.

— Si tu y tiens, Eddie. Moi, je ne demande pas mieux. Donc pour répondre à la question posée par... euh... par Nick, je vous dirai que je n'aime pas la publicité. Ça ne me dit rien d'être cité comme témoin par une commission d'enquête parlementaire. Je n'ai pas envie de faire mon numéro à la télé comme Costello. Je ne tiens pas à ce que les experts comptables du gouvernement viennent fourrer leur nez dans mes affaires. Les temps ont changé. Le monde a changé. Je sais que nos anciens associés n'ont pas l'habitude du bruit, et que ça nous donne un avantage sur eux. Mais le public n'aime pas tellement le bruit non plus. A la longue, il finirait par être moins indulgent qu'autrefois. Je suis d'avis de nous montrer très circonspects.

— Il n'est pas question de s'attaquer au public, expliqua Kapp. Mais il y a un certain nombre de types à descendre, et tu le sais très bien. Nous n'avons pas le choix.

— Qu'on reste dans les limites raisonnables, d'accord, intervint Nick. Mais on ne va quand même pas opérer à la mort aux rats ! Ce qu'il faut, après tout, c'est leur mettre un peu de plomb dans la cervelle, non ! Et il n'y a pas intérêt non plus à ce que ça se passe trop discrètement. Tu entends, Irving ? Il faut quand même qu'ils sachent qu'on est là, non ?

— Moi, je veux simplement qu'on sache que je suis contre les excès de zèle du genre de ceux qui ont envoyé notre regretté ami Lepke à la chaise électrique.

La porte donnant sur la véranda s'ouvrit. Un chauffeur passa la tête dans la pièce.

— Y a une tire qui vient de s'amener, déclara-t-il. Avec un mal blanchi qui dit qu'il veut vous causer.

Dans le silence général je m'éloignai du mur.

— Je vais voir ce qu'il veut, dis-je.

Ils me regardèrent sortir. Personne ne souffla mot.

CHAPITRE XXI

La voiture était une Chrysler Impériale, toute noire. Au milieu de toutes les Cadillac, elle avait un air agressif. A l'intérieur, il n'y avait qu'un chauffeur blanc et un passager noir. Celui-ci n'avait pas plus d'une trentaine d'années, et était vêtu d'un luxueux complet sur mesures. Sa montre était maintenue à son poignet par un bracelet élastique en or et il portait à l'annulaire de la main gauche une alliance également en or. Il arborait une mince moustache et un petit sourire satisfait que démentaient des yeux méfiants.

A mon approche, il pressa un bouton et la vitre de la portière s'abaissa. Les autres étaient masquées par des jalousies noires.

— Je viens de la part d'Ed Ganolese, dit-il après m'avoir dévisagé. J'ai une proposition à faire à Anthony Kapp.

— Vous avez tout du parfait commissionnaire, dis-je. Venez répéter votre message vous-même.

Il descendit de bonne grâce de la Chrysler et je le précédai vers la maison.

— Vous ne me fouillez pas ? demanda-t-il derrière moi. Si j'étais armé ?

— Et après ?

Nous descendîmes les marches. Arrivé à la porte, je me retournai vers lui.

— Quel nom ? fis-je. Il faut quand même que je vous annonce.

— William Cheever.

— Vous avez fait vos études à Princeton ?

— Hélas, non ! dit-il avec un sourire. Seulement à Tuskegee.

Je ne lui rendis pas son sourire. Nous traversâmes tous deux la première pièce vide. Dans la cuisine, les chauffeurs maniaient ostensiblement leurs flingues. Nous entrâmes dans la salle où nous attendaient les découpeurs de gâteau et je m'arrêtai sous l'arcade.

— M. William Cheever, de Tuskegee, annonçai-je. Il vient de la part d'Ed Ganolese.

Puis je retournai m'asseoir à côté de Kapp.

Le mince sourire qu'arborait Cheever n'était guère convaincant. Il salua l'assistance d'un signe de tête, dévisagea les cinq hommes qui se tenaient debout, et reporta son regard sur celui qui était assis à côté de moi.

— Anthony Kapp, sans doute ? demanda-t-il.

— Mes amis m'appellent Eddie. Mais ça ne vaut pas pour toi !

— Soit, monsieur Kapp. On m'a envoyé ici, comme vous pouvez le deviner sans peine, pour discuter un arrangement avec vous. Mes mandataires...

— C'est d'Ed Ganolese que tu parles ? Cette lavette ?

— D'Ed Ganolese, parfaitement... Il m'a chargé de vous faire une proposition concernant...

— Non ! trancha Kapp.

— Une seconde, Eddie, intervint Nick Rovito. On peut toujours écouter ce qu'il a à dire.

— Je me fous de ce qu'il a à dire! répliqua Kapp. Actuellement Ganolese et ses larbins occupent mon territoire. C'est tout ce que j'ai besoin de savoir.

— Tu ne veux pas l'écouter?

— Non. Enfin, voyons, Nick, ce sont eux qui ont le gâteau, oui ou non? Il n'y a qu'un gâteau et ils ont mis la main dessus. Si on l'avait et si ce connard venait nous dire que ses mandataires en veulent un morceau, qu'est-ce qu'on ferait?

— Mais on ne l'a pas, objecta Nick. Toute la différence est là. Alors, on peut toujours discuter, non? protesta Nick en étendant les mains.

— On peut aussi aller au cinéma, Nick. On peut se tourner les pouces... Il y a bien des façons de perdre son temps...

— Pas besoin de m'engueuler pour ça, Eddie!

— Vous faites le jeu de Ganolese, intervint le petit Irving Stein. Au premier moricaud qu'il nous envoie, tout le monde ici a l'air de se dégonfler.

— Oh! la paix! grogna Nick. D'accord, Eddie, tu as raison.

— Parfait, dit Kapp en regardant Cheever. Alors, qu'est-ce que tu fous encore ici, toi? Tu l'as eue, ta réponse. Ça ne nous intéresse pas.

— Pourquoi on ne leur renverrait pas leur larbin les pieds devant? proposa le petit Irving. Comme ça, ils sauraient tout de suite qu'on ne rigole pas.

— Non, dit Baumheiler. Ça, ils le savent déjà.

— Allons-y, insista le petit Irving. C'est une vraie forteresse ici, on ne risque rien.

— Voilà le genre de publicité auquel je pensais

tout à l'heure, dit Baumheiler. Moi, je trouve que c'est trop dangereux.

— Tire-toi, mon petit père, conseilla Nick à Cheever. Tu ferais mieux de ne pas trop traîner ici.

Cheever ouvrit la bouche.

— Décarre ! rugit Kapp.

Cheever haussa les épaules, hocha la tête et sortit lentement en se drapant dans les lambeaux de sa dignité. Il referma la porte derrière lui.

— Tous des lopettes, je vous dis ! soupira quelqu'un d'un air écœuré.

— J'avais pas raison ? triompha Kapp. Ils sont tous pareils. Voyons, les enfants, au moment où ce nuage noir est passé dans le ciel, je crois bien que nous étions en train de nous partager le gâteau... (Il avait allumé un nouveau cigare qu'il tenait serré entre ses dents tout en parlant.) Faut faire ça démocratiquement, déclara-t-il. Pour commencer il nous faudra des hommes de main. Beaucoup même ! Et des types sûrs. Pas des demi-sel comme ce moricaud : au premier coup dur, ils passeraient dans le camp de Ganolese. Ceux qui amèneront le plus de main-d'œuvre avec eux auront les plus belles parts. Vous pigez ?

— Tu veux faire une redistribution intérieure ? demanda Nick.

— Pas à notre niveau, Nick. Nous, on continue exactement comme par le passé. Toi, tu auras Long Island, Brooklyn et Queens ; Irving prendra Jersey et Staten Island ; et le petit Irving, le Bronx et Westchester. Et à nous quatre, on s'occupera de Manhattan tous ensemble. Comme prévu. D'accord ?

— Alors qu'est-ce que c'est que ces histoires de parts ?

— Je vois ça à l'échelle du quartier, Nick. Il faudra prévoir une redistribution dans les quartiers. Il y a un tas de mecs douteux à remplacer. Vous voyez ce que je veux dire ?

Quelques acquiescements se firent entendre çà et là.

— O.K., dit Kapp. On va commencer par étudier la question des hommes de main. Faut d'abord savoir combien on peut en recruter et où. Et aussi de quel capital on aura besoin pour démarrer.

Deux ou trois des assistants se mirent alors à parler tous à la fois de clubs sportifs et d'organisations d'anciens combattants, et d'autres choses encore. Kapp fumait en silence, pendant que les trois grands chefs conféraient avec leurs adjoints.

Moi, je me fichais pas mal de la façon dont ils découperaient leur gâteau. Je traversai la salle pour prendre une bouteille de whisky à la cuisine avant de redescendre. J'allai chercher ma chaise longue et m'installai sur l'appontement.

Un vent frais ridait la surface du lac et emportait au-dessus de ma tête les discussions des roitelets du racket, mais la cloison du hangar à bateaux m'en faisait perdre la plus grande partie. Le ciel était sombre et le lac plus sombre encore. Tout en fumant dans ma chaise longue, je serrais la bouteille qui devenait chaude et moite entre mes doigts. Je finis par la déboucher et je bus une bonne gorgée avant de la reposer à côté de moi, sur les madriers de bois peint.

Au bout d'un moment, la porte s'ouvrit derrière

moi et Kapp s'avança en souriant ; laissant derrière lui un sillage de fumée de cigare.

— Ça progresse, hein, Ray ?

— Possible, dis-je.

— Et tout ça à cause de toi ! Maintenant, tout le monde marche la main dans la main ; ça nous donne une solide base de départ, si tu vois ce que je veux dire.

— C'est Ganolese, le type que je cherche ?

— Tu as trouvé ça tout seul ? Je m'en doutais ! Oui, du moment que c'est lui qui vient nous faire des propositions, l'ordre de nous descendre, Kelly et moi, est sûrement venu de lui.

— C'est bien ce que je pensais.

Il s'avança au bord de l'appontement, regarda une seconde dans les ténèbres du lac, puis se retourna en gloussant. Il leva ensuite la tête vers les fenêtres éclairées de l'étage supérieur, où son état-major lui mettait sur pied sa future armée, et revint vers moi.

— Tu me portes chance, Ray ! Je ne pensais pas que ça marcherait si bien. Il y a un peu de tirage entre Nick et Irving, mais, à part ça, tout le monde s'entend au poil. C'est dans la poche, petit !

— Nick et Irving ne peuvent pas se blairer, hein ?

— C'est rien de le dire ! Mais ça a toujours été pareil, et ils travaillent quand même en équipe. C'est ça la vie, tu sais.

— Je sais.

Il continua un moment encore à arpenter l'appontement.

— Tu as l'intention de t'attaquer à Ganolese, hein ?

— Oui.

— Mais tu n'es pas tellement pressé, pas vrai ? Plus tu attendras, plus tu auras de chances de réussir. Tu comprends pourquoi ?

— Non.

— D'ici peu, Ganolese va avoir des emmerdements à revendre. On va leur en faire tellement baver à lui et à sa bande de lavettes qu'ils ne sauront bientôt plus où donner de la tête. C'est le moment que tu choisiras pour lui rentrer dedans. Tu profiteras de ce qu'il sera trop occupé pour te voir venir. Tu piges ?

— Je crois.

— Tu peux me faire confiance. Je connais la musique.

— Vous avez peut-être raison.

— Pardi ! Autre chose : qu'est-ce que tu penses du moricaud ?

— Cheever ? Rien du tout. Pourquoi ?

— Je me demandais si tu aurais remarqué, mais ça a très bien pu t'échapper. Tu manques encore d'expérience.

— Remarqué quoi ?

Il s'interrompit pour allumer un autre cigare.

— Je vais te dire comment ça se passe, m'expliqua-t-il. Une organisation comme celle-là, ça ressemble un peu à une grosse maison de commerce. Il y a une foule d'employés subalternes, des cadres, des directeurs, chacun avec ses tâches bien précises. Comprends-tu ? Un seul homme ne pourrait pas diriger toute l'affaire.

— Je vois.

— C'est sûrement Ganolese qui a donné l'ordre de liquider Will Kelly, ton frère, ta belle-sœur et toi, mais il n'a pas pu avoir cette idée-là tout seul, comprends-tu ? Le téléphone arabe a parlé du retour d'Eddie Kapp, de ses projets et du reste. C'est fatal. Quelqu'un a dû aller trouver Ganolese pour le mettre au courant de la situation et lui faire des suggestions, « Vous n'avez qu'à faire ci et ça, patron, et du coup la situation sera réglée... »

— Ce serait Cheever ?

Il prit un temps et regarda le lac, en tirant sur son cigare.

— Quand une opération foire, continua-t-il sans tourner la tête, c'est toujours le type qui l'a conseillée le premier qui récolte ensuite les sales boulots, justement parce que ça a foiré. Comme de porter des messages à l'ennemi, par exemple...

— Je vois.

— Je pensais que ça pourrait t'intéresser de savoir ça, dit-il. Je m'étais bien dit que ça t'avait probablement échappé.

— En effet.

Il mâchonnait toujours son cigare, tout en me regardant du coin de l'œil.

— Il fait bon ici, dit-il tout à coup, en aspirant bruyamment une bouffée. J'ai l'intention de passer ici encore une semaine, en attendant que les choses aient démarré. Tu devrais bien en faire autant. Pourquoi ne resterais-tu pas ici ?

— Je n'y avais pas encore réfléchi, dis-je.

— On finit par s'habituer l'un à l'autre, remarqua-t-il. Après tout, entre père et fils, c'est normal, non ? Alors, qu'est-ce que tu en dis ?

— Je ne sais pas, fis-je en haussant les épaules. J'y réfléchirai.

Il me tapa sur l'épaule.

— Vous avez besoin de moi ?

— Pas si ça t'embête. Maintenant, on va parler affaires.

— En ce cas je préfère rester encore un peu ici.

— O.K. A demain.

— Bonsoir.

Il rentra dans la villa et je l'entendis monter l'escalier. Je restai encore un moment dans ma chaise longue à regarder le lac. Au bout d'un moment, je lançai la bouteille dans l'eau à l'extrémité de l'appontement et regagnai ma chambre. Je fis ma valise, sortis par la porte de service, et remontai la pente conduisant à la route, tandis qu'ils continuaient à discuter tous à la fois dans la salle du trône.

— Conduisez-moi en ville, dis-je à un des chauffeurs.

Il ne fit pas d'objections et je trouvai bientôt l'arrêt des cars. J'attendis un moment celui de New York dans un petit snack, de l'autre côté de la rue. A peine installé dans le car, je m'endormis.

CHAPITRE XXII

Je me réveillai à Hudson. Un petit jour grisâtre commençait à blanchir les vitres du car. Il pleuvait et les longs essuie-glaces balayaient le pare-brise avec un cliquetis monotone. Nous étions quatre voyageurs en tout et pour tout.

Je vis défiler ensuite une dizaine de villes et le car se remplit petit à petit. Enfin nous arrivâmes à New York.

Je descendis à la Cinquantième Rue, fit un bout de chemin à pied et j'entrai à l'hôtel Cuttington, dans la Cinquante-deuxième Rue.

A l'heure qu'il était, les truands devaient me chercher partout ; il fallait donc que je m'inscrive sous un faux nom. En cours de route, j'avais choisi celui de Matthew Allen. C'était un nom vraisemblable, suffisamment banal pour qu'on l'oublie et qui, de plus, n'avait pas les mêmes initiales que le mien.

Mais quand on me présenta le registre, je me sentis pris de panique. Je n'avais encore jamais emprunté une fausse identité. Ma main tremblait si fort en inscrivant mon nom que mon écriture s'en trouva complètement transformée. Je n'osais pas regarder en face la réceptionniste qui passa un bon moment à m'expliquer qu'elle serait obligée de me compter le prix de la nuit précédente, parce que, pour eux, la journée ne commençait qu'à trois heures de l'après-midi. Je lui dis que cela n'avait aucune importance, me débarrassai d'elle le plus vite que je pus et suivis le chasseur qui me conduisit enfin à ma chambre.

Je me jetai sur le lit tout habillé et m'endormis instantanément. Je me réveillai à une heure, me déshabillai, pris une douche et arpentai la chambre, nu comme un ver, pour dissiper un restant de courbature. Puis je me rhabillai, m'installai à ma table et écrivis à mon oncle Henry en lui demandant de me répondre au Cuttington, sous ma fausse identité. Après quoi, je sortis de l'hôtel.

J'arrivai à la banque juste avant la fermeture. Il restait encore un peu plus de la moitié des trois mille dollars de Bill à notre compte commun. J'en prélevai deux cents et allai déjeuner dans un snack, au milieu des gens qui achevaient tardivement leur deuxième repas. Comme il ne me restait plus rien à faire ensuite, j'achetai quatre romans policiers et un jeu de cartes, et regagnai ma chambre.

Je savais que Kapp avait raison, et qu'il valait mieux attendre que Ganolese soit sérieusement occupé ailleurs avant de passer à l'offensive. Je tenais à ma peau, et Kapp et son état-major constituaient la meilleure des diversions. Dès qu'ils auraient attaqué, je pourrais en faire autant de mon côté.

Malheureusement, la patience n'est pas mon fort ! Mes bouquins m'aidèrent tant bien que mal à tuer un premier après-midi, mais je n'arrivais pas à m'intéresser à leurs histoires. Je finis par les flanquer au panier et je descendis acheter une bouteille de whisky.

Le vendredi, je retournai à la bibliothèque de périodiques et je passai la journée à me documenter sur Ed Ganolese. J'appris ainsi qu'il lui arrivait souvent de comparaître devant telle ou telle commission d'enquête. C'était toujours à d'autres que les enquêteurs en avaient, et ils se contentaient généralement de demander à Ganolese quelles avaient été ses relations avec l'individu en question, une vingtaine d'années plus tôt. Ses réponses n'étaient jamais bien instructives, mais il faisait preuve d'un minimum de bonne volonté pour éviter d'encourir les foudres de la justice.

Le vendredi soir, j'allai voir deux films de science-fiction qui passaient dans une salle de la Quarante-deuxième Rue. Le week-end fut interminable.

A partir du lundi matin, je me mis à lire les journaux — tous les journaux. Cinq jours s'étaient écoulés depuis la conférence du lac Georges. La révolution n'allait pas tarder.

Elle commença le mercredi soir, et je l'appris le jeudi matin, par un bref fait divers relégué à la huitième page de l'édition de Queens du *Daily News* relatant l'explosion d'une confiserie. Je m'arrêtai net.

Il s'agissait d'une toute petite confiserie, située dans un quartier mal famé de Queens. A dix heures et demie, la veille au soir, une chaudière à gaz installée dans l'arrière-boutique avait fait explosion, tuant net le propriétaire. C'était le frère de ce dernier, un nommé Gus Porophorus, qui avait signalé aux pompiers l'existence de la chaudière.

Il y avait une photo de l'arrière-boutique complètement saccagée. Sur un mur tout calciné, on apercevait un tableau noir. Je me mis à rire de bon cœur.

Un tableau noir dans l'arrière-boutique d'une confiserie ! Délicate façon de mettre les points sur les *i*.

Pendant quelques jours, les mordus du sport hippique n'auraient pas de local dans le quartier pour venir y déposer leurs mises !

Je m'étais attendu à un tout autre cinéma. J'avais imaginé de gros titres raccrocheurs du genre : « Meurtres en série dans le milieu. » J'avais oublié ce que Kapp avait dit à Irving Baumheiler : « Il faudra y aller mollo. Les descendre, d'accord, mais en douceur. »

Je me mis alors à éplucher soigneusement tous les journaux. Cette fois je savais ce que je devais y chercher. Je relevai l'incendie d'une papeterie dans le Bronx — sinistre aggravé par la mort du propriétaire. Je notai aussi qu'un nommé Anthony Manzetsky âgé de trente-six ans, sans profession, s'était tué en voiture après avoir heurté une pile métallique du souterrain de West End Drive. On publiait une photo de la voiture : une Buick vieille d'un an. En outre, l'entrepôt d'une maison d'import-export avait brûlé à Brooklyn, dans la Troisième Avenue.

Je sortis de mon placard les journaux de la veille, en me demandant si je n'avais, par mégarde, laissé passer le signal de départ de la corrida. Mais non ! C'était seulement la nuit précédente que tout avait commencé.

Je me sentais plus léger de dix kilos et je prenais

ma chambre d'hôtel en horreur. Je décrochai le téléphone et composai le numéro de Johnson.

— Je me demandais ce qui vous était arrivé, dit-il quand je me fus nommé. Ça fait déjà presque un mois...

— A-t-on continué à vous poser des questions sur moi ?

— Non, Dieu merci ! Une fois suffit ! Après ce qui m'est arrivé, on m'a filé pendant trois jours. Le type s'y prenait comme un manche, mais j'ai pensé que ce serait maladroit de le semer. Depuis qu'il a renoncé, il ne s'est rien passé.

— Parfait. J'ai un petit travail à vous proposer, si ça vous intéresse. Mais peut-on se fier à vous ?

— Si vous pensez pouvoir vous fier à ma personne, c'est que vous me faites déjà confiance !

— Bon. J'ai besoin d'une adresse. Je veux savoir où je peux être sûr de trouver quelqu'un.

— Il s'agit du gars que vous recherchez, ou vous tâtonnez encore ?

— J'aime mieux ne pas vous le dire. Comme ça, vous ne pourrez le répéter à personne.

— D'accord. Je sais que je ne suis pas très brave. Mais on ne me paie pas assez cher pour ça ! De qui s'agit-il ?

— Ed Ganolese, dis-je en lui épelant le nom. Je ne connais pas son prénom. Ed n'est qu'un diminutif.

— C'est noté. Vous êtes sûr qu'il est à New York ?

— Il est dans les parages, en tout cas. Il habite peut-être en banlieue.

— Ganolese... attendez... ce nom me dit quelque chose.

— C'est un des dirigeants locaux du Syndicat.

— Ah ! ah ! oui... Dans ce cas... Je ne sais pas trop... Je ne peux rien vous garantir.

— Oui, je comprends.

— Il faudra que je sois très prudent en me renseignant.

— Encore plus que l'autre fois !

— Je sais qui c'était, cette fois-là. Dommage que je ne sois pas assez gonflé pour réagir ! Où faut-il vous rappeler ?

— Je vous rappellerai moi-même, samedi. A trois heures de l'après-midi. A votre bureau.

— Vous avez raison d'être prudent, dit-il. Ces trucs-là, ce n'est pas exactement ma pointure.

— Il ne fallait pas me proposer vos services ! Je vous rappellerai samedi.

J'allai acheter une paire de ciseaux, rentrai chez moi et découpai les communiqués de guerre.

CHAPITRE XXIII

Les journaux du soir m'apportèrent de nouveaux éléments d'information. L'explosion d'une chaudière dans un hôtel particulier de la Huitième Avenue... La mort du propriétaire d'une boutique de spiritueux, abattu au cours d'une prétendue tentative de hold-up, bien que le « gangster » n'ait rien volé (sans doute, suggérait-on, parce qu'il avait été effrayé par les quatre coups de feu qu'il avait tirés sur le propriétaire)... Un autre accident d'automobile mortel — à Jackson Heights, celui-là. Le conducteur, qui circulait seul dans une Pontiac de l'année, était « sans profession ».

Les opérations n'avaient commencé que depuis vingt-quatre heures à peine, et je disposais déjà de sept coupures, sept faits divers qui n'avaient apparemment aucun lien entre eux. Il fallait être un initié comme moi pour deviner qu'une véritable révolution était en cours.

D'ailleurs, il ne s'agissait là que des opérations les plus spectaculaires. Depuis vingt-quatre heures, étaient certainement disparus un certain nombre d'individus dont on n'entendrait plus jamais parler, et personne ne s'adresserait à la police pour les retrouver. D'autres citoyens affirmeraient avoir fait une chute dans l'escalier et entreraient à l'hôpital sans plus de publicité qu'on n'en accorde aux victimes d'un banal accident. Des commerçants regarderaient d'un œil lugubre leurs vitrines en miettes ou leurs stocks de marchandises détruits, mais ne signaleraient jamais les dégâts ni à la police ni à leur compagnie d'assurance.

Le vendredi matin, je pus ajouter trois nouveaux articles à ma collection et cinq autres encore le vendredi après-midi. L'un deux relatait la mésaventure d'un résident de Riverdale dans le Bronx : il s'était brisé la colonne vertébrale en dégringolant dans l'escalier de sa propre maison. Je reconnus son nom : c'était un des hommes qui avaient assisté à la conférence du lac Georges. Cela signifiait que les gens en place entendaient rendre coup pour coup.

La police devait savoir ce qui se passait, mais souhaitait sans doute y donner le moins de publicité possible. Tout comme Irving Baumheiler, elle devait désirer que tout se passe en douceur. Il ne fallait pas alarmer les paisibles contribuables !

Le samedi matin, les journaux rendirent compte, sans s'en douter, du résultat d'une grande bataille qui s'était déroulée la nuit précédente. Trois quotidiens rapportaient en effet l'incendie du Club athlétique de Brooklyn et deux autres, l'explosion d'une chaudière dans une boîte de nuit de l'East End, une demi-heure après la fermeture. Deux conspirateurs du lac Georges avaient encore été victimes d'accidents mortels : l'un chez lui, l'autre dans sa voiture. Je possédais maintenant des coupures relatant onze épisodes divers de cette guerre des gangs. Aucun n'avait paru assez sensationnel pour être mentionné simultanément par tous les grands journaux du matin.

Quand je téléphonai à Johnson vers trois heures, comme convenu, il me parut assez agité.

— Dites donc, Kelly, grommela-t-il, j'aimerais bien savoir dans quel guêpier vous êtes allé me fourrer.

— Pourquoi ? Que s'est-il passé ?

— Rien, heureusement ! J'ai vu tout de suite que je mettais le doigt entre l'écorce et l'arbre et je l'ai retiré à temps. Mais il se passe quelque chose...

— Je sais.

— Vous auriez pu me prévenir !

— Je l'ai fait. Je vous ai recommandé d'être prudent.

— Ecoutez, vous seriez très gentil de ne plus me retéléphoner à l'avenir.

— D'accord.

— Je ne sais pas ce qui se mijote et je ne veux pas le savoir. Mais je ne veux surtout pas être mêlé à ça.

— Entendu, mon vieux. Je vous comprends parfaitement. Je ne vous embêterai plus.

— Je regrette de ne pas pouvoir vous être utile, dit-il, gêné, comme s'il voulait s'excuser. Mais ces trucs-là, voyez-vous, c'est pas ma spécialité.

— Vous me l'avez déjà dit.

— C'est que c'est tout ce qu'il y a de vrai. En revanche, pour les affaires de divorce, je suis imbattable !

— En d'autres termes, vous ne savez pas où perche Ganolese ?

— J'ai ses deux adresses habituelles : un appartement à New York, et une villa de Long Island. Mais en ce moment, il ne se trouve ni à l'une ni à l'autre. Et je ne sais pas ce qui se passe au juste, mais je sens que le moment serait mal choisi pour poser des questions au sujet de sa résidence actuelle.

— C'est bon.

— Je regrette... J'ai fait de mon mieux.

— Je sais, je sais. Ne vous en faites pas : ces histoires-là, ça ne devrait pas exister.

Je raccrochai, puis j'allumai une cigarette. Je me dis alors que je m'y prenais mal et qu'il fallait procéder de façon diamétralement opposée. Je consultai l'annuaire du téléphone et j'y trouvai l'adresse du bureau de William Cheever, mais pas celle de son domicile personnel. Un samedi après-midi, il ne fallait malheureusement pas compter le trouver à son cabinet.

Encore un week-end qui me parut interminable...

CHAPITRE XXIV

Le bureau de Cheever se trouvait dans la Cent-dixième Rue Ouest, en bordure de Harlem. Le lundi matin, je pris le métro jusqu'à la Cent-dix-huitième Rue et terminai le trajet à pied. J'avais enfilé mon imperméable par-dessus mon complet. Il était assez ample pour que le flingue de Smitty ne fasse pas, sous ma ceinture, une bosse trop visible. D'ailleurs, personne ne fit attention à moi dans la rue.

L'immeuble avait huit étages. Le rez-de-chaussée était occupé par un grand magasin de disques flambant neuf, tout en verre et en aluminium. Le reste de la façade n'en paraissait que plus triste, et ses fenêtres plus poussiéreuses.

Je finis par trouver la porte d'entrée dans un renfoncement, à gauche du magasin. Je grimpai trois étages d'un escalier raide comme une échelle, en levant les yeux à chaque palier vers une maigre ampoule de vingt-cinq watts.

Sur une liste de quatre noms gravés sur le panneau de verre dépoli de la porte, celui de William Cheever occupait le quatrième rang. Il ne s'agissait pas d'une firme d'avocats au nom collectif, mais d'un de ces petits arrangements qui permettent à des hommes de loi sans causes de partager le loyer, le salaire d'une dactylo et les frais généraux.

La réceptionniste était aussi claire de peau qu'une femme de race noire peut l'être. Elle avait patiemment décrêpé ses cheveux, pour les refriser en bouclettes vaporeuses. Elle portait un chemisier à col haut et à jabot de dentelle, taillé pour les filles à poitrine plate du centre de la ville et pour lequel ses formes étaient beaucoup trop généreuses.

Elle me sourit en refermant un mince volume dont elle marqua la page avec son doigt.

— Vous désirez, monsieur ? dit-elle avec un léger accent anglais qui devait dénoter une origine jamaïcaine.

— Je voudrais voir William Cheever, répondis-je, en espérant que chacun des avocats possédait au moins un bureau personnel.

— Il n'est pas là, ce matin.

— Ah ? dis-je en fronçant le sourcil de l'air le plus contrarié que je pus. J'aurais voulu le voir aujourd'hui même. C'est assez urgent. Vous ne savez pas vers quelle heure il passera ?

— Me Cheever ? Oh ! non ! Il vient très rarement au bureau.

Elle retira son index de son livre.

— A dire vrai, poursuivit-elle, je me demande parfois si c'est vraiment ici qu'il a son cabinet.

— Ce n'est pas ici qu'il reçoit ses clients ?

— Il n'en reçoit pas assez pour que ça se remarque, en tout cas !

Cela faisait visiblement des jours et des semaines qu'elle brûlait du désir de discuter avec quelqu'un des activités de Cheever.

— Les seuls clients de Me Cheever que j'aie jamais vus sont les books, les tenanciers de tripots et les revendeurs de billets de loterie clandestine qu'il envoie à Me Partridge, reprit-elle avec hauteur.

Elle se pencha confidentiellement en avant, nichant son livre entre la double parenthèse de ses seins.

— Personnellement, je crois que Me Cheever abuse de la complaisance de Me Partridge en lui repassant ce genre de clients. A mon avis, il serait extrêmement néfaste pour la réputation de Me Partridge que son nom se trouve associé dans l'esprit des gens avec ceux de gangsters et de joueurs professionnels...

Je souris malgré moi de sa conviction et de la phrase si bien apprise qu'elle avait dû répéter mille fois au cours de conversations imaginaires.

— Quand vous aurez épousé Me Partridge, lui dis-je, je suis certain que vous parviendrez à combattre la mauvaise influence que Me Cheever peut avoir sur lui !

Elle rougit, baissa la tête et se mit à tripoter quelques papiers sur son bureau.

Cela me désolait de troubler aussi grossièrement cette petite que je trouvais bien sympathique, mais j'espérais l'amener ainsi à répondre plus volontiers à mes questions.

— Pourriez-vous m'indiquer l'adresse personnelle de Me Cheever ? lui demandai-je. Il faut absolument que je lui parle aujourd'hui même.

— Mais bien entendu !

Trop heureuse de pouvoir changer de conversation, elle s'empara d'un petit agenda et le feuilleta. Je lui empruntai un crayon et un morceau de papier et notai l'adresse qu'elle me donna. Ce n'était qu'à quelques rues de là, dans une avenue longeant le Parc.

Cheever habitait un vieil immeuble en pierres de taille remontant aux beaux jours de Harlem, lorsque les quatre côtés du Parc étaient encore réservés aux gens riches. Quelle dégringolade depuis ! Le plâtre s'écaillait dans le large vestibule et le même graffiti obscène était répété sept fois sur les parois de l'ascenseur. Le couloir du huitième était déshonoré par une peinture crevassée, fendillée, cloquée qui se détachait des murs par larges plaques. Je franchis une porte grise, marquée « Service E - H » et me trouvai dans une pièce, grise elle aussi, de forme octogonale. Des sacs remplis d'ordures étaient posés le long des murs d'un gris un peu plus clair que le sol de ciment. Quatre portes, chacune marquée d'une lettre blanche, peinte de façon beaucoup moins experte que celles des entrées principales des appartements, le long du couloir.

La porte marquée « G » était fermée à clé. Je m'arrêtai court en me rendant compte du soulagement involontaire que j'en éprouvais.

J'avais déjà tué un homme sans le vouloir. J'en avais tué un autre au cours d'une rapide escarmouche et sans avoir la moindre possibilité d'y réfléchir, mais je ne savais pas encore moi-même si j'étais de force à en tuer un troisième de sang-froid.

Et si je m'en découvrais incapable ? C'est bien joli de parler de vengeance, mais si ma volonté flanchait au moment critique ?

Je revis mon père, crachant son sang dans les affres de l'agonie. Je pensai à Bill et à sa femme que je n'avais jamais vue. Je me rappelai le spectacle que je m'étais offert à moi-même dans le grand miroir de ma chambre du lac Georges. Je sentais mon œil de verre dans son orbite vide. Je contemplais le gouffre qu'on avait creusé dans ma vie.

Peine perdue ! Je ne haïssais pas Cheever. Je ne haïssais personne. Je n'éprouvais qu'une immense amertume.

Décidément tout ce que j'avais fait n'avait servi à rien. Je me sentais fragile, inefficace. Que de chemin parcouru pour rien !

Je m'adossai à la porte et m'assis par terre, les genoux relevés contre la poitrine. Je croisai les bras sur mes genoux et y appuyai mon front. Brisé, égaré, impuissant... voilà ce que j'étais !

A la fin, je me ressaisis, furieux contre moi-même. Je levai la tête et fixai le « G » peint en blanc sur la porte, en me traitant de minable, de paumé, de foie blanc, et autres gentillesses du même genre. Cela me soulagea et je me fabriquai ensuite, à toute allure, une justification à ma propre existence. Je n'étais peut-être qu'un bien fragile et bien indigne instrument de vengeance mais je n'en tuerais pas moins William Cheever et Ed Ganolese. Si j'avais été à la hauteur de ma tâche, je les aurais abattus froidement, avec un détachement impersonnel. Ce n'était pas le cas, mais tant pis ! Je les tuerais d'une façon vulgaire, moche, parce que je ne pouvais pas faire autrement.

Les portes de service des appartements de New York sont rarement munies de bonnes serrures. Une lime à ongles glissée entre le battant et le chambranle remplaça aisément la clé que je ne possédais pas. Je poussai sans bruit la porte et entrai dans une cuisine. Devant moi s'ouvraient quelques pièces d'où provenait le murmure d'une conversation.

Je traversai une chambre vide. La porte du fond en était fermée, mais pas complètement. Par la fente, j'aperçus Cheever dans son living-room. Il téléphonait. Je ne voyais qu'une très petite partie de la pièce et je n'étais pas sûr qu'il fût seul.

Il était en train d'engueuler copieusement sa réceptionniste pour avoir communiqué son adresse personnelle à un inconnu, et je n'étais pas mécontent de voir qu'il avait peur de moi à ce point.

Il était furieux de ne pouvoir expliquer à la secrétaire les vrais motifs de son inquiétude. On sentait qu'il avait du mal à se contenir, et il se rattrapait de son mieux en usant avec elle d'une lourde ironie.

— Non, il n'est pas encore passé, dit-il enfin. Depuis combien de temps a-t-il quitté le bureau ?... Plus d'une heure ?... Vous auriez pu m'appeler, au lieu d'attendre que je le fasse. Vous savez bien que je n'ai pas de Blancs dans ma clientèle. Oh ! et puis, merde ! Je perds mon temps à discuter avec vous. Allez donc retrouver Benny Partridge. C'est sur son divan que vous avez rendez-vous, j'imagine ? Quoi ? Vous ne comprenez pas ce que je veux dire ?...

Il prêta l'oreille quelques secondes encore avant de raccrocher en jetant un regard éperdu autour de lui. Au mouvement de ses yeux, je compris qu'il était seul. Je glissai la main dans ma ceinture, sous mon imperméable et mon veston, et je sortis le flingue de Smitty.

Cheever reprit le téléphone et composa nerveusement un numéro. Au cliquetis du cadran, je compris que c'était un numéro de dix chiffres : cela signifiait que Cheever appelait une localité située en dehors de New York.

Il attendit un moment en s'efforçant d'extraire avec sa seule main libre une cigarette de son paquet de Viceroy. Brusquement il lâcha le paquet.

— Passe-moi Ed, dit-il sèchement. De la part de Willy Cheever. Non, naturellement, je ne quitte pas...

Il parvint enfin à saisir sa cigarette et à l'allumer avant d'obtenir Ganolese.

— C'est vous, Ed ? dit-il. Ici, Willy Cheever. Quelqu'un est passé ce matin à mon bureau pour me demander... Oui, mais malheureusement mon imbécile de secrétaire lui a indiqué mon adresse personnelle... Je suis chez moi en ce moment... Il faut que je vienne vous voir, Ed... Si vous pouviez m'héberger un jour ou deux à votre ferme... Rien qu'un jour ou deux, Ed... Le temps de... Mais, bon sang ! Ed, puisque je vous dis qu'elle lui a donné mon adresse personnelle !... C'est le seul endroit où je puisse me planquer... Ed, je ne vous ai jamais demandé de faveurs, mais... Je... Ed !... Ed !...

Au moment même où j'entrai dans la pièce, il secouait encore le récepteur.

— Te fatigue pas, Willy, lui dis-je d'une voix calme, il a raccroché.

Sa tête pivota brusquement sur ses épaules. Il me fixa avec effroi, mais ne fit pas un geste : il avait vu le flingue de Smitty dans ma main droite.

Je m'approchai, lui retirai le téléphone des doigts et le replaçai sur son support.

— Tu ferais mieux de ramasser ta cigarette, dis-je en reculant de quelques pas. Elle va brûler ton tapis.

Il obéit avec des gestes d'automate et reposa la cigarette sur un cendrier, où elle continua à se consumer à côté du téléphone. Il ne quittait pas mon arme des yeux.

— Ganolese t'a laissé choir, hein ? Il a assez d'ennuis comme ça en ce moment, il n'a pas le temps de s'occuper de ceux d'un petit avocaillon de Harlem. Des remplaçants, il t'en trouvera treize à la douzaine quand il voudra.

— Non !

Sa protestation rageuse claqua comme un coup de fouet, tandis que ses mains se crispaient nerveusement sur ses genoux.

— Ed m'écoute. Ed suit toujours mes conseils...

— N'empêche qu'il vient de te laisser choir !

— Mon Dieu !... mon Dieu !...

Brusquement, il enfouit son visage dans ses mains.

Je traversai la pièce pour aller m'asseoir en face de lui, en attendant qu'il ait fini son numéro. Quand il abaissa enfin ses mains, je vis qu'il avait les yeux rouges et gonflés et que ses joues plates luisaient de sueur. Sa fine moustache paraissait tout à coup aussi absurde que les souliers d'une grande personne aux pieds d'une toute petite fille.

— Il m'a appelé « môme » ! soupira-t-il. Comme si j'étais le négrillon qui lui cire ses souliers !

— Eddie Kapp s'installe, lui expliquai-je.

Ganolese n'a plus de temps à perdre avec des petits cireurs. Même s'il ont fait leur droit !

— Le salaud ! J'ai pourtant toujours été correct avec lui, bon Dieu !

— Conduis-moi chez lui et je dirai un mot en ta faveur à mon ami Eddie Kapp.

Il me fixa pendant une bonne seconde avant de secouer la tête.

— Pas question ! déclara-t-il. N'y compte pas.

— Ganolese est en train de perdre la partie. S'il se voyait gagnant il aurait pris la peine de se montrer poli avec toi, comme toujours.

— Bon Dieu de bon Dieu !...

Il ferma violemment les yeux en frappant les bras du fauteuil de ses deux poings fermés.

— Je ne suis pas un lèche-cul ! hurla-t-il. Je n'ai jamais joué au bon nègre avec lui. Il me traitait comme un Blanc, sans me rappeler ma couleur.

— Ça, c'était bon pour le temps où il avait encore besoin de toi, dis-je en me levant. Allons, décide-toi : conduis-moi chez lui.

Il s'était un peu calmé et fixait maintenant le mur d'un air pensif.

— Il a eu tort de me raccrocher comme ça au nez, siffla-t-il. Il n'aurait pas dû non plus m'appeler « môme ». Qu'est-ce que c'est, après tout, Ganolese ? Un sale rital, un point c'est tout !

— Décide-toi, insistai-je.

Il m'observait, tout en commençant à peser le pour et le contre.

— Tu me recommanderas à Kapp ? demanda-t-il.

Je n'eus aucun effort à faire pour lui mentir.

— Je te l'ai déjà dit. Tu as tout intérêt à me faire confiance.

— C'est bon, soupira-t-il.

Par ces deux mots, il venait de gagner un sursis d'une heure ou deux !

CHAPITRE XXV

Il avait une Buick de l'année, bleu et crème. Il l'avait garée non loin de chez lui, dans une zone de stationnement réglementé, mais un permis spécial était fixé à son pare-brise l'autorisant à y laisser sa voiture en permanence.

Nous filâmes d'abord vers l'ouest, en coupant la Cent-dixième Rue, et remontâmes ensuite vers le nord pour rejoindre l'autoroute Henry Hudson. Je m'étais assis à côté de lui, le revolver de Smitty posé sur mes genoux.

— C'est encore loin ? lui demandai-je au bout d'une heure.

Il me lança un bref coup d'œil avant de fixer à nouveau la route.

— Un peu après Monsey, dit-il. Dans le comté de Rockland.

— Qu'est-ce que c'est que ça, Monsey ? Une ville ?

— Oui. Une petite ville, bâtie il y a quelques années.

— En ce cas, il y aura des magasins. Arrête-moi chez un marchand d'articles de sport.

— Entendu.

Au bout d'un moment, nous quittâmes l'autoroute pour emprunter une route visiblement récente. Nous franchîmes la Thruway sur un pont métallique, et brusquement la route se trouva bordée de boutiques neuves, devant lesquelles étaient aménagés des parkings goudronnés. Cheever stoppa devant un magasin dont la vitrine était remplie de fusils de chasse et de bottes à cuissards.

Je retirai la clé de contact, après m'être assuré au préalable que la boîte à gants ne contenait aucun objet dangereux.

— Attends-moi là, dis-je.

— N'aie pas peur, promit-il en retrouvant un peu de son ancien aplomb. Je ne peux plus compter maintenant que sur Eddie Kapp et sur toi. Je n'essaierai pas de te plaquer.

— Ravi de l'apprendre, dis-je.

Ce qui m'agaçait, c'est qu'en d'autres circonstances je l'aurais trouvé plutôt sympathique, ce juriste si poli et si maître de lui.

J'achetai une carabine à lunette, calibre 30, et une boîte de cartouches. Le tout me coûta cent quatre-vingts dollars, presque tout ce que j'avais sur moi.

Je remontai en voiture et Cheever repartit, tandis que j'étudiais le petit manuel qu'on m'avait remis avec la carabine. Je m'entraînai également à la charger.

— C'est à quinze cents mètres d'ici, en haut de la côte, me dit tout à coup Cheever.

Nous arrivions à un croisement. Autour de nous s'étendaient des terrains incultes, derrière un bazar intitulé « Au vieux saule ».

— La maison se trouve sur la route même ? demandai-je.

— Non. A huit cents mètres plus haut. On monte par un petit chemin de terre.

— Est-ce que... ? Ralentis donc une minute, bon Dieu !... Est-ce qu'il y aura des sentinelles au croisement de la route et du chemin de terre ?

— Ça, sûrement. C'est même pour ça qu'il me fallait une autorisation pour venir. Je n'avais aucune envie de m'aventurer par là sans permission.

— C'est bon. En ce cas, tu continueras tout droit. Mais montre-moi le croisement au passage.

— Entendu.

— Tu peux accélérer un peu maintenant.

— Nous y sommes, me dit-il deux minutes plus tard. A droite...

Je repérai un chemin qui enjambait un talus et s'incurvait ensuite entre des arbres. Un bois touffu le bordait des deux côtés, montant en pente raide vers les monts Ramapo. J'entrevis au passage une voiture garée sous les arbres, le long du chemin.

— Et maintenant ? me demanda Cheever.

— Continue et prends le premier chemin que tu rencontreras sur ta droite.

A dix-huit cents mètres de là, nous obliquâmes à droite sur une route plus étroite, mais goudronnée cependant. La pente se fit de plus en plus raide. Nous débouchâmes bientôt sur un terre-plein de gravillons. A côté on avait installé un foyer en pierres, une table de bois et une corbeille à papiers en grillage.

— Fais demi-tour et arrête-toi là, ordonnai-je.

Sa Buick était trop longue et la route trop étroite : il dut s'y reprendre à plusieurs fois. Mais il ne passa aucune voiture pendant cette manœuvre. On était un lundi, le 10 octobre, et on ne risquait pas de rencontrer beaucoup de touristes.

Cheever stoppa enfin sur le terre-plein et serra son frein à main. Je repris la clé de contact et descendis de voiture avec mon matériel. Puis je déposai la carabine et le revolver de Smitty sur la table de pique-nique. Cheever descendit à son tour.

— Assieds-toi là, lui dis-je.

Quelque chose dans mon visage, ou dans ma voix, dut lui donner l'éveil. Il s'arrêta de l'autre côté de la table, en face de moi, et me fixa avec méfiance, les mains devant lui, les doigts largement écartés.

— Qu'est-ce que ça veut dire ? fit-il. Qu'est-ce qui se passe ?

— Tu sais qui je suis ? lui demandai-je.

— Je sais que tu étais avec Kapp, là-bas, au lac Georges. C'est toi qui m'as fait entrer.

— Oui, mais connais-tu mon nom ?

Il secoua négativement la tête.

— Ray Kelly, lui dis-je. Le fils de Will Kelly.

Il secouait toujours la tête.

— Ça ne me dit absolument rien. Je ne sais pas quelle idée vous vous êtes fourrée dans le crâne, mais vous vous trompez.

— « On devrait liquider les Kelly ! » dis-je. Voilà la phrase que je me suis fourrée dans le crâne. Quelqu'un l'a soufflée à l'oreille de Ganolese, cette phrase-là. « Liquidons les Kelly... Liquidons-les tous... Le vieux, ses deux fils, sa belle-fille... Toute la tribu... Parce que Eddie Kapp va sortir de Dannemora et qu'on ne peut pas savoir... »

— Non ! s'écria-t-il. Tu n'as rien compris. Ce n'était pas moi.

— « ... parce qu'on ne peut pas savoir avec certitude lequel des deux est le fils d'Eddie Kapp, poursuivis-je. Et que, même si nous descendons le bon, un autre membre de la famille peut vouloir le venger. Réfléchis donc un peu, Ed : tu sais comme ils sont sentimentaux, tous ces immigrants de la vieille école... » Pas vrai, Cheever ? Quelqu'un a susurré ça à l'oreille d'Ed Ganolese, et Ed a signé l'ordre d'exécution...

Il secoua à nouveau la tête en reculant.

— Ce n'est pas moi ! hurla-t-il. Vous vous trompez, Kelly. Il faut me croire. Ça ne s'est pas du tout passé comme ça. Je vous le jure !

— C'est toi qui as tout mis en branle, Cheever, dis-je en prenant sur la table le revolver de Smitty.

Pivotant brusquement sur lui-même, il s'enfuit dans le bois, en courant perpendiculairement à la route. Une seconde plus tard, il avait disparu et j'entendis un bruit de branches cassées s'éloigner de plus en plus dans les taillis.

J'aurais dû le descendre ! Je l'aurais pu... A l'instant où il avait fait sa première enjambée, je le tenais en joue. Pendant une fraction de seconde, alors que j'alignais mon cran de mire avec un point situé sur son flanc gauche, un peu au-dessous du bras — de ce bras qu'il relevait pour prendre son élan — mon cerveau avait ordonné à mon index d'appuyer sur la détente. Mais mon doigt ne lui avait pas obéi...

Je rabaissai mon arme, en écoutant Cheever dévaler la pente dans le sous-bois, déchirer son pantalon, accrocher ses lacets aux ronces, tomber, se débattre, reprendre sa course, fou de terreur...

Non, je ne pouvais pas le tuer. Je me répétais que c'était parce que je n'étais pas certain de sa culpabilité. J'attachais peut-être trop d'importance à la remarque de Kapp, et si on l'avait choisi comme émissaire au lac Georges, ça ne prouvait pas qu'il avait eu l'idée du massacre de la tribu Kelly... En fait, la véritable explication de mon attitude était beaucoup plus simple. Si je ne l'avais pas tué, c'est que je n'avais pas pu tirer comme ça, de sang-froid, sur un homme qui s'enfuyait, dont je ne voyais que le dos...

Je retournai à la voiture et jetai la clé de contact sur la banquette. Puis, prenant la carabine et le revolver, je traversai la route et m'enfonçai dans le bois, du côté opposé à celui qu'avait pris Cheever — autrement dit, dans la direction où devait se trouver la planque de Ganolese.

Celui-là, il fallait que je le tue ! Il le fallait, coûte que coûte !

CHAPITRE XXVI

L'après-midi tirait à sa fin. Derrière moi, la grosse boule orangée du soleil flamboyait très bas au-dessus de l'horizon. Sous les arbres, il faisait déjà très sombre, mais les longs rayons de soleil qui filtraient obliquement entre les branches me permettaient de m'orienter.

J'arrivai d'abord au premier chemin de terre. J'y débouchai à l'improviste et je rentrai aussitôt sous les arbres. Immobile, je tendis l'oreille. A quelque distance, sur ma droite, j'entendais un faible bruit de voix. Ce devaient être les sentinelles qui montaient la garde plus bas, près du carrefour de la grand-route. Je tournai à gauche et remontai lentement la pente à travers les arbres, parallèlement au chemin.

Brusquement, j'aperçus la ferme, une longue bâtisse d'un étage aux murs jaunes, au milieu d'une vaste clairière. Devant, trois voitures étaient garées : une Cadillac noire, une Chrysler beige et crème et une Buick verte. Assis sur un petit mur, à côté des voitures, quatre hommes bavardaient à mi-voix.

Derrière le bâtiment principal, sur la droite, s'élevait une vieille grange. Je contournai la maison par la gauche en restant sous le couvert des arbres et je constatai bientôt que le terrain derrière les bâtiments s'élevait en pente encore plus raide. Je grimpai sur cette butte de façon à me trouver juste derrière la maison et gagnai ensuite sans hâte le premier fourré que je pus trouver. Je m'assis par terre, m'adossai à un arbre, et attendis patiemment, sans quitter des yeux les fenêtres donnant sur l'arrière de la ferme.

La nuit tomba d'un seul coup, comme si l'on avait tourné un commutateur. Très vite la température baissa. Mon gilet et mon veston ne suffisant pas à me protéger du froid, je me levai et marchai de long en large en agitant les bras pour me réchauffer.

De temps en temps, je voyais s'éclairer une des fenêtres. Je m'immobilisais alors pour observer la pièce et ses occupants. Je repérai ainsi la cuisine et plusieurs chambres à coucher. Il y avait pas mal de monde, là-dedans, des hommes et des femmes ; mais ce n'est que vers dix heures que j'aperçus enfin Ed Ganolese pour la première fois.

Il entra dans la cuisine, prit un verre dans un placard et des cubes de glace dans le réfrigérateur. Des bouteilles étaient alignées sur l'évier et il en saisit une pour se verser à boire. Il me tournait le dos.

Cette attente prolongée commençait à me taper sur les nerfs. Mais je n'osais pas allumer une cigarette. J'avais froid aux mains, et je craignais de ne pas pouvoir viser correctement. Du temps où j'étais dans l'armée, je ne me défendais pas trop mal au tir, mais c'était une arme toute différente que j'avais maintenant entre les mains.

La première fois, je lui accordai donc un sursis.

Je m'accroupis, le dos tourné à la maison et, n'y tenant plus, allumai une cigarette et m'abritai derrière un tronc d'arbre pour la fumer, les mains glissées sous mes aisselles pour me réchauffer. Quand j'eus fini ma cigarette, je jetai un nouveau coup d'œil sur ma cible, à travers la lunette de ma carabine. Il n'y avait plus personne dans la cuisine.

Mauvais, ça !... Non seulement je n'avais pas été capable de tuer Cheever, mais quand je tenais Ganolese au bout de ma ligne de mire je m'étais trouvé un nouveau prétexte pour ne pas appuyer sur la détente...

Il ne fallait pas céder à une nouvelle crise de faiblesse, comme avec Cheever... Il fallait en finir une bonne fois.

Le ciel était couvert et sans lune. Je quittai mon poste d'observation et fis quelques pas en direction de la maison, de manière à me trouver sensiblement au niveau de la fenêtre de cuisine. J'étais maintenant à découvert, mais je prenais garde à ne pas me trouver dans les zones de lumière projetée par les fenêtres.

Je m'accroupis, la carabine calée contre mon épaule, les mains bien au chaud sous mon veston. Quand je vis Ganolese revenir dans la cuisine, son verre vide à la main, j'étais bien décidé à ne pas laisser passer cette seconde occasion.

J'étais maintenant si près de lui que son dos, recouvert d'une chemise blanche, emplissait tout le champ de ma lunette. Je me plaçai dans la position du tireur agenouillé, telle qu'on nous l'enseignait à l'armée : le genou droit en terre, le genou gauche relevé, le coude gauche calé sur le genou gauche. Je visai l'omoplate gauche, presque au centre de la surface blanche que formait la chemise. Quand je tirai, le recul fit tressauter violemment la carabine et, pendant une seconde, la fenêtre de la cuisine disparut de l'objectif de ma lunette. Je n'avais même pas entendu la détonation.

Quand je retrouvai enfin la fenêtre dans mon oculaire, je vis Ganolese qui se pliait lentement en avant au-dessus de l'évier, où plusieurs bouteilles s'étaient effondrées. Un point minuscule, d'un rouge sombre, était apparu dans le dos de la chemise, nettement plus bas et plus à droite que le point que j'avais visé.

Je tirai mon second coup un peu plus haut et plus à gauche. Cette fois je m'étais préparé au recul et je gardai ma cible dans l'objectif de la lunette. Je vis la balle projeter Ganolese en avant tandis qu'un autre point rouge apparaissait sur sa chemise. Il glissa lentement hors de mon champ visuel. Je me relevai en balançant négligemment ma carabine au bout de mon bras droit.

Et soudain le son réenvahit brutalement mon univers. Je n'avais entendu ni mon premier ni mon second coup de feu, ni aucun bruit entre les deux, et brusquement, comme si on venait de tourner à fond le bouton d'un poste de radio, j'entendis des appels, des exclamations, des cris de femmes. Je distinguai même des bruits de galopades à l'intérieur de la maison.

Faisant demi-tour, je me renfonçai dans le sous-bois, en avançant avec précaution dans l'obscurité. Je marchai ainsi pendant une bonne demi-heure, en suivant la plus forte pente pour être sûr de progresser en ligne droite. Quand je m'arrêtai enfin, j'étais seul, dans un silence total. Personne ne m'avait poursuivi...

Je m'effondrai contre un tronc d'arbre pour attendre l'aube. Le froid devenait de plus en plus pénétrant. Je somnolai par intermittences, allumant une cigarette toutes les fois que je me réveillais, plaçant mes deux mains en creux autour du bout incandescent pour les réchauffer. Le tabac avait un goût âcre.

Au petit jour, je me levai et me mis à tourner en rond pour ramener un peu de chaleur dans mes membres engourdis, mais je ne m'éloignai pas de mon arbre avant le lever du soleil. Abandonnant alors la carabine et le revolver de Smitty au pied de l'arbre, je retraversai les bois humides de rosée jusqu'à la hauteur de la ferme.

Elle était déserte. Toutes les voitures avaient disparu. Je redescendis jusqu'à la grand-route par le chemin de terre et la suivit sur ma gauche. Une femme au volant d'une canadienne consentit à me prendre jusqu'à Suffren. Là, je trouvai un autobus pour rentrer à New York. Je regagnai mon hôtel, pris une bonne douche chaude et me mis au lit. Je dormis pendant quatorze heures d'un sommeil sans rêves. Quand je me réveillai, je vis qu'on avait glissé une lettre sous ma porte.

Elle était de l'oncle Henry. C'était une grosse enveloppe, toute bourrée de papiers. Un mot de mon oncle me recommandait d'être prudent et me conseillait vivement de rentrer à Binghamton. La lettre contenait des pièces à signer, concernant la maison de Bill, la voiture de Bill et la gosse de Bill. Elle contenait aussi un article de journal découpé dans le *Binghamton Press.*

Le mot de l'oncle Henry faisait allusion à cet

article. « Ceci devrait te calmer l'esprit », me disait-il. L'article était illustré d'une photo d'un homme chauve, l'air craintif, vêtu d'un complet sombre ; un policier à lunettes noires lui tenait le coude. Au-dessous de la photo, on expliquait que des recherches méthodiques entreprises au laboratoire de la police municipale avaient permis de retrouver le chauffard responsable de l'accident qui avait coûté la vie à Mme Ann Kelly, une jeune mère de famille de Binghamton, tuée le 29 août précédent. Le conducteur de la voiture était un commis voyageur en matériel électrique habitant Scranton et nommé Drugay.

Il n'avait absolument rien à voir avec le Syndicat !

CHAPITRE XXVII

Eddie Kapp m'avait donc menti !

Le Syndicat n'avait jamais cherché à assassiner ma belle-sœur.

Mais pourquoi m'avait-il menti ? Pour me garder à ses côtés ?

Il m'avait expliqué que j'étais un symbole autour duquel ses amis se rassembleraient. Etait-ce encore un mensonge ? Pourtant, ses amis avaient rappliqué à la villa du lac Georges. Nick Rovito m'avait mis à l'épreuve, et personne ne m'avait demandé ce que je faisais dans le secteur. Je devais donc représenter quelque chose pour eux.

Il m'avait dit qu'Ed Ganolese savait que j'étais devenu un symbole malgré moi et qu'il s'efforçait de l'éliminer. Etait-ce aussi un mensonge ? Il était indiscutable que les occupants de la Chrysler beige et crème avaient tué mon père et tenté de me descendre. Et que des hommes circulant dans la même voiture avaient essayé de tuer Eddie Kapp. Et que j'avais reconnu cette Chrysler garée à la ferme où se cachait Ed Ganolese. Il y avait donc bien une part de vérité dans tout cela.

Mais où s'arrêtait la vérité, où commençait le mensonge ?

La Chrysler beige et crème nous avait bien rattrapés à soixante-dix kilomètres de New York et l'homme assis à droite du conducteur avait tendu le bras et tiré sur mon père. Cela, c'était sûr. C'était même la seule chose de sûre...

Ils avaient dû acquérir la certitude que mon père était mort. Ils avaient dû voir leurs balles atteindre leur but. Et ils avaient poursuivi leur chemin...

Ils ne s'étaient même pas arrêtés pour s'assurer que, moi aussi, j'étais bien mort. En fait, ils n'avaient même pas tiré sur moi...

Donc, ils n'avaient pas cherché à me tuer. Ils avaient seulement abattu celui que leur avait désigné Ed Ganolese, autrement dit Will Kelly.

Parce que le vrai symbole, c'était lui. Lui, l'avocat dévoué, l'homme de confiance des anciens jours. Les autres avaient pu objecter à Eddie Kapp qu'il était maintenant trop vieux, qu'il ne pourrait à lui seul assurer la direction générale d'une entreprise trop ambitieuse, ou tout au moins qu'il risquait de mourir trop tôt après la réussite de leur tentative, ce qui déclencherait une nouvelle et sanglante compétition pour la couronne. Deux guerres si rapprochées, c'était une de trop. On lui avait suggéré de prendre pour second un homme plus jeune que lui, cet avocat en qui tout le monde avait une confiance absolue, qui connaissait le milieu à fond et pourrait diriger la nouvelle équipe — bref un homme sur le nom de qui tous pourraient se rallier quand il s'agirait de donner un successeur à Eddie Kapp. Et cet homme, c'était Will Kelly.

Sans Will Kelly, Kapp ne pouvait espérer rallier les autres à sa cause. Voilà pourquoi Ed Ganolese avait donné ordre de liquider Kelly.

Eddie Kapp avait alors abandonné la partie. Il avait écrit à sa sœur et avait fait des projets pour sa retraite. Là-dessus, j'étais entré en scène.

A la villa du lac Georges, il n'était pas sûr que la combine réussirait. Une semaine durant, il lui avait fallu discuter par téléphone, avant de convaincre ses amis.

Je croyais l'entendre.

— J'ai un fils avec moi : Ray Kelly. Will Kelly l'a élevé à ma place pendant que j'étais garé des voitures. Will l'a dressé, il l'a mis dans le coup, il lui a expliqué toutes les ficelles du métier. Le gamin est encore jeune, mais il est affranchi et il a l'esprit vif. Il prendra la relève quand je ne serai plus là et il n'aura pas les dents trop longues. Il se contentera de New York. Et avec lui on sera tranquilles pour quarante ou cinquante ans.

Cela lui avait pris toute une semaine, et il avait eu sans doute beaucoup plus de mal à les convaincre que je ne le soupçonnais, mais il y était arrivé en fin de compte. Et s'il m'avait servi toutes ces salades, et tant parlé du fameux symbole que je représentais, c'était parce qu'il savait que je ne voulais pas tremper dans les histoires de son gang. Une fois remis en selle, il s'en foutait que certains de ses copains devinent ou apprennent la vérité.

En lui disant que la femme de Bill avait été assassinée, je lui avais donné l'idée de me faire gober la version d'une prétendue liquidation générale de ma famille. Dès lors, il n'avait plus qu'à me braquer — à la lettre — dans la direction qui lui convenait. J'étais le revolver chargé, et Eddie Kapp serrait la détente.

Bill... Mon pauvre vieux Bill...

En quittant la villa du lac Georges, j'avais cru me débarrasser à tout jamais d'Eddie Kapp. Mais je m'étais trompé. Il fallait que je le retrouve. Et le plus vite possible..

CHAPITRE XXVIII

Cet après-midi-là, j'allai à Riverdale. Cela faisait juste une semaine que la révolution avait commencé dans le milieu. J'avais compris que les autres étaient passés à la contre-attaque quand j'avais lu dans un journal qu'un nommé Patros Kanzantkos avait fait une chute à Riverdale dans son escalier et s'était brisé la colonne vertébrale. Le journal donnait son adresse.

Je pris le métro jusqu'au terminus du Bronx et là je sautai dans un taxi. J'avais dans ma poche trois cents dollars que je venais de prélever à la banque. Le Luger de Bill, que j'avais passé dans ma ceinture, faisait une bosse gênante sur ma hanche, mais mon imperméable la dissimulait tant bien que mal.

La maison que je cherchais avait deux étages. Toute blanche, de style colonial, elle était située dans un secteur résidentiel : larges avenues sinueuses, grands arbres et piscines particulières. Un crêpe noir était encore attaché à la porte.

Le journal précisait que Kanzantkos laissait une veuve prénommée Emilie, et un fils, Robert. Ce fut ce dernier qui vint m'ouvrir. C'était un garçon à peu près de mon âge, brun, la mine agressive, les lèvres boudeuses. Il avait l'air tout emprunté dans son complet noir.

— J'aimerais parler à votre mère, si elle est ici, lui dis-je.

— A quel sujet ? fit-il insolemment.

— Prévenez-la que le fils d'Eddie Kapp la demande.

— Qu'est-ce que ça peut lui faire ?

— Si elle veut que vous le sachiez, elle vous le dira.

Il pâlit sous l'insulte.

— Attendez-moi là, dit-il d'une voix plus dure, plus tendue.

Il referma la porte. J'allumai une cigarette en regardant le jardin de rocailles soigneusement entretenu entre la grille et la maison.

— C'est bon, me dit-il quand il réapparut. Entrez.

Il était toujours d'aussi mauvais poil.

Je le suivis au premier, dans une petite pièce meublée de deux divans et d'une chaîne stéréophonique. Les murs étaient tapissés de rayonnages contenant des albums de disques. Mme Kanzantkos, une petite femme au nez pointu, congédia son fils.

— Merci, Bobby, dit-elle. Laisse-nous.

Il s'en alla à regret, l'air furibond, et claqua la porte derrière lui.

— Il ne sait pas de quoi vivait son père ? demandai-je.

— Non, me dit-elle. Et il ne le saura jamais.

— Un garçon devrait toujours savoir qui est vraiment son père, dis-je.

— C'est moi que cela regarde, monsieur Kapp, répliqua-t-elle sèchement.

— Kelly, rectifiai-je. Ray Kelly.

Elle se leva aussitôt.

— Mais vous avez dit que vous étiez le fils d'Eddie Kapp !

— C'est vrai, mais j'ai été élevé par un homme qui s'appelait Kelly.

La méfiance ne disparut pas entièrement de ses yeux.

— Et qu'avez-vous à me dire ?

— Je me trouvais avec mon véritable père quand il est sorti de Dannemora, expliquai-je. J'assistais aussi à la réunion du lac Georges. C'est là-bas que j'ai fait la connaissance de votre mari. Il vous a parlé de moi, n'est-ce pas ?

— M. Kanzantkos me parlait rarement de ses affaires, dit-elle.

— Peu importe. J'ai quitté mon père après la réunion. J'avais quelque chose à faire, mais maintenant que cette question est réglée, je voudrais le retrouver.

— Je n'ai aucune idée de l'endroit où il peut être.

— Je m'en doute. Mais vous devez bien connaître quelqu'un parmi tous ceux qui se trouvaient au lac Georges. Je voudrais que vous lui téléphoniez pour le prévenir que je suis ici.

— Pourquoi cela ?

— Parce que je veux rentrer en contact avec mon père. C'est assez naturel, non ?

— Il ne vous a pas dit comment vous pourriez le toucher ?

— Nous nous sommes séparés très brusquement. Comme je vous le disais, j'avais quelque chose d'urgent à faire.

— Quoi donc ?

— Abattre un nommé Ed Ganolese.

Elle cligna les yeux. Un silence épais avait envahi la pièce. Elle se leva.

— Attendez-moi là, dit-elle. Je... je vais téléphoner...

— Merci.

Elle semblait tout à coup très désireuse de quitter la pièce dont elle referma doucement la porte.

Dix minutes plus tard, la porte se rouvrait et le fils Kanzantkos réapparaissait. Il referma la porte et s'y adossa.

— Je veux savoir ce qui se passe ici, dit-il sans élever la voix.

— Il ne se passe rien du tout, assurai-je.

— Elle me cache quelque chose, insista-t-il. Vous savez de quoi il s'agit. Dites-le-moi.

Je secouai la tête.

— Qu'est-ce que vous êtes venu faire ici ?

— Ça ne vous concerne absolument pas.

— Il s'agit de mon père, alors ?

— Non plus.

— Vous mentez ! A qui ma mère téléphone-t-elle en ce moment ?

— Je n'en ai pas la moindre idée.

Il s'avança vers moi les poings levés.

— Je vous ferai bien parler, espèce de...

Mais je n'eus pas besoin de réagir. La porte s'ouvrit au même moment, et sa mère apparut dans l'encadrement. Elle lui ordonna de quitter la pièce, mais il refusa de bouger avant de savoir ce que signifiaient tous ces mystères. Ils s'engueulèrent pendant cinq bonnes minutes, et en attendant que ça se tasse, j'allai examiner la collection de disques. Il y avait surtout de la musique classique et de la musique de chambre pour instruments à cordes. Plus une petite sélection de jazz, style Nouvelle-Orléans.

— Excusez-le, me dit sa mère quand Robert eut enfin abandonné la place. Il a perdu la tête.

— Comme vous le disiez vous-même, cela ne regarde que vous.

— En effet... Bref, j'ai téléphoné à un ami de mon mari. Il m'a promis de me rappeler le plus tôt possible. Voulez-vous venir prendre une tasse de café à la cuisine, en attendant.

— Avec plaisir.

La cuisine était toute blanche, avec des rideaux de cretonne. Par la fenêtre, j'apercevais une pelouse bien entretenue et un patio dallé de larges pierres brutes. Des buissons de roses bordaient une haie au fond du terrain. Du sous-sol montait le bourdonnement caractéristique d'un punching-ball en plein travail. Le gars Robert devait imaginer qu'il me forçait à parler.

Nous attendîmes vingt bonnes minutes sans dire un mot. Puis le téléphone se mit à sonner dans une autre pièce du rez-de-chaussée. Avec un mot d'excuse, elle sortit de la cuisine et revint une minute plus tard.

— Il veut vous parler, me dit-elle.

C'était Kapp en personne.

— Allô, Ray ? dit-il. C'est toi ?

— Oui, Kapp, c'est bien moi.

— Tu as reconnu ma voix ?

— Ça vous étonne ?

— C'est toi qui as descendu Ganolese lundi soir ?

— C'est moi.

— Merde alors ! (Il semblait tout réjoui et aux

trois quarts saoul.) Brave petit bâtard, va ! On a beau dire, mais bon sang ne saurait mentir, pas vrai ? Alors, maintenant ça y est, tu es content ?

— C'est fini. Le compte est réglé. Et je n'ai plus rien à faire dans la vie. J'aimerais bien rester avec vous...

— Ah ! merde alors ! Tu ne peux pas savoir le plaisir que tu me fais, petit. Bon Dieu de bon Dieu... ça, c'est au poil, tu sais ! J'espérais bien que tu te déciderais. Bon, tu veux que j'envoie une bagnole te chercher ?

— Vous êtes en ville ? J'aurai plus vite fait de prendre le métro.

— Comme tu voudras. On a loué un appartement au Weatherton. Au coin de Lexington Avenue et de la Cinquante-deuxième Rue.

— Je connais.

— Je me suis inscrit sous le nom de Peterson. Raymond Peterson... Tu te souviens ?

— Je me souviens. J'arrive tout de suite.

Je raccrochai.

— Je peux vous conduire en auto jusqu'au métro, si vous voulez, me proposa la veuve.

— Merci. Très volontiers.

Nous allâmes ensemble au garage. Dans la cave, le punching-ball fonctionnait toujours.

CHAPITRE XXIX

Je parcourus à pied la courte distance séparant la station de métro de l'hôtel Weatherton. Je connaissais bien l'endroit. C'était l'hôtel où mon père était descendu et où j'étais allé le rejoindre, la veille de sa mort. Kapp ne pouvait pas le savoir.

Je demandai l'appartement de M. Peterson. On m'annonça par téléphone, puis on me dit que je le trouverais au quinzième étage. L'appartement n° 1512 était à gauche en sortant de l'ascenseur. Du couloir, on entendait le bruit d'une joyeuse réunion.

Je frappai à la porte. Un type au nez cassé vint m'ouvrir, avec un grand sourire.

— C'est toi, le môme à Kapp ?

— Tout juste.

— Je t'en serre cinq, petit ! Le patron n'arrête pas de nous dire quel type énorme tu es.

Sa main était un vrai battoir, mais à la peau douce. Je la serrai et entrai à sa suite dans l'appartement.

Celui-ci se composait d'un nombre impressionnant de pièces. Un type à l'expression inquiète me prit en charge dans la deuxième et me conduisit à ce qui devait être ma chambre. Je posai mon imperméable sur le lit et je glissai mon Luger dessous. Puis, traversant encore plusieurs pièces, je suivis l'inquiet jusqu'au salon où avait lieu la réception.

C'était une vaste pièce dont les portes-fenêtres ouvraient sur une terrasse. Dans un angle, une radio débitait une musique sirupeuse. A l'autre bout de la pièce, une chanteuse s'égosillait sur l'écran d'un poste de télévision que personne ne regardait. De vastes canapés moelleux et des petites tables basses étaient dispersés un peu partout. Deux bars portatifs mettaient un assortiment de liquides variés à portée de la main de chacun.

Là-dedans s'agitaient une trentaine de personnes dont une dizaine de femmes à la poitrine agressive et aux sourires professionnels. Les hommes riaient et s'apostrophaient à grands cris.

Kapp avait pris une des femmes à part dans un coin et lui débitait un flot de paroles, tout en lui tripotant les seins. Elle se forçait à sourire.

Quelqu'un m'aperçut.

— Hé ! Kapp ! cria-t-il. Voilà ton lardon.

Il tourna la tête et accourut aussitôt à ma rencontre. Derrière lui la femme défroissa sa robe avec un petit haussement d'épaules méprisant, sans cesser de sourire.

Kapp me lança un coup de poing amical dans le biceps, en me félicitant bruyamment de ma bonne mine. Puis il m'entraîna dans la pièce et me présenta à tous les hommes en leur chantant mes louanges. Il négligea de me présenter aux bonnes femmes, mais toutes, tant qu'elles étaient, me dévoraient des yeux.

Pendant un quart d'heure, ce fut un vrai tourbillon autour de moi. Une bonne demi-douzaine d'invités m'apprirent les raisons de cette petite fête. A l'échelon national, le comité directeur du Syndicat venait de leur donner le feu vert. Kapp et Cie étaient désormais en selle. L'opération avait réussi. Et c'était à moi qu'ils le devaient, la liquidation de Ganolese ayant définitivement réglé la question. Il y avait encore quelques réorganisations de détail à prévoir par-ci par-là, mais l'affaire était d'ores et déjà dans le sac.

Au bout d'un moment, Kapp finit par se calmer un peu et ses invités cessèrent de me hurler dans les oreilles. Je le pris par le bras.

— Kapp, lui dis-je, je voudrais vous parler. Il faut que je vous raconte comment les choses se sont passées.

— Avec plaisir, petit, répliqua-t-il en souriant. Allons dans un coin plus tranquille.

Je le conduisis dans la chambre où j'avais laissé mon imperméable. En chemin, nous rencontrâmes le petit type inquiet, qui courait je ne sais où. Je lui saisis le coude.

— Viens donc avec nous une minute, dis-je.

— Pour quoi faire, bon Dieu ? demanda Kapp, surpris.

— Vous verrez bien, ripostai-je.

Nous entrâmes tous trois dans la chambre.

— Mais, bon Dieu ! pourquoi tiens-tu à amener la Souris avec nous ? insista Kapp.

— Pour me servir de commissionnaire, dis-je seulement.

J'allongeai la main sous mon imperméable, en tirai le Luger et le braquai sur eux, tout en fermant à clé la porte de la chambre.

Kapp fixait le flingue avec stupeur. Brusquement dégrisé, son visage était devenu blanc comme de la craie.

— Mais qu'est-ce qui te prend, nom de Dieu ? s'écria-t-il.

— Ecoute-moi bien, la Souris, dis-je. Je m'appelle Ray Kelly. Eddie Kapp ici présent est mon père naturel, mon père par le sang. Pas vrai, Kapp ?

— Evidemment, c'est vrai. Mais sapristi, pourquoi… ?

— Attendez donc. Jusque-là, tu me suis, la Souris, hein ?

Il hocha la tête d'un mouvement saccadé sans quitter mon flingue des yeux.

— Parfait. J'avais aussi une mère, un père adoptif, un demi-frère et une belle-sœur. Ma mère s'est suicidée à cause d'Eddie Kapp. Pas vrai, Kapp ?

Le soulagement qu'il éprouva fut si brutal qu'il s'assit pesamment sur le bord du lit.

— Enfin, bon sang, Ray ! Ça se passait il y a vingt et un ans ! Personne ne pouvait se douter qu'elle allait faire un coup pareil. Tu ne vas tout de même pas me braquer, à cause d'une histoire qui remonte à vingt et un ans ?

— On va revenir dans l'actualité dans un instant. Un peu de patience ! Mais parlons d'abord de Will Kelly. Lui, c'était votre bras droit. Il a constamment travaillé avec vous, tout le long du chemin. Vous vous apprêtiez à tenter votre grand coup et à prendre la tête de l'organisation de New York. Will Kelly tenait une place importante dans vos projets et vous assistait en permanence. Là-dessus, voilà que quelqu'un vous dénonce au gouvernement parce que…

— C'était Ganolese ! coupa-t-il. Le salaud, l'enfoiré...

— ... parce que vous ne payiez pas vos impôts, conclus-je. Le gouvernement vous a mis à l'ombre et Ganolese a pu prendre la direction de l'organisation à votre place. Et Will Kelly a été obligé de quitter New York. Sa femme n'a pu se faire à la vie de province, et comme elle n'osait pas revenir à New York, elle a préféré se suicider.

— Ça remonte à vingt et un ans, Ray. Enfin, bon sang !...

— La ferme ! Vous saviez que vous alliez être libéré le 15 septembre. Vous avez fait prévenir Will Kelly que vous vous apprêtiez à tenter une seconde fois votre grand coup. Et vous avez commencé à recruter, à raconter à droite et à gauche que Kelly marcherait avec vous. Quand Ganolese a appris ça, il a fait descendre Kelly.

— Tu n'es pas bête, Ray ! dit-il. Tu as trouvé ça tout seul ?

Il n'était pas véritablement inquiet. Pas encore...

— J'ai trouvé ça et bien d'autres choses, repris-je. Vos petits copains ne voulaient marcher avec vous que si Will Kelly était dans le coup. Ils vous trouvaient trop vieux.

— Eddie Kapp, trop vieux ? Tu parles ! Je les enterrerai tous !

— N'y comptez pas trop ! Je n'ai pas encore fini. Ma belle-sœur est morte dans un accident provoqué par un chauffard. La police vient de le retrouver.

— Bravo pour la police !

— Jusqu'à mon arrivée, vous avez cru que tout était fini. Vous avez écrit à votre sœur et vous vouliez vous retirer en Floride. Mais quand vous m'avez vu, vous vous êtes dit que ça valait la peine d'essayer de me faire accepter par vos copains à la place de mon père.

— C'est moi qui suis ton père, Ray !

— Ce n'est pas vous qui m'avez élevé. Enfin, passons. Vous saviez que je me foutais de vos projets, alors vous m'avez sorti tous vos bobards sur les symboles, la famille et le reste. Quand je vous ai dit que ma belle-sœur avait été assassinée, ça vous a donné une idée. Si elle n'était pas morte, vous ne seriez jamais arrivé à vos fins.

— J'aurais bien trouvé autre chose, dit-il avec un sourire de banquier. Tu n'es pas fier de ton dab, petit ? Il en a, là-dedans ! ajouta-t-il fièrement en se frappant le front.

— Pas pour longtemps ! répliquai-je. Encore autre chose : mon frère Bill, lui aussi, a été assassiné. C'était mon demi-frère par le sang, tout comme vous êtes mon père par le sang. Et il faut toujours venger son propre sang. (Je me tournai vers la Souris.) Pas vrai, la Souris ?

Le rongeur déglutit bruyamment en hochant timidement la tête.

— Maintenant, écoute bien, la Souris : c'est Eddie Kapp ici présent, qui a tué mon frère Bill.

Kapp se releva d'un bond.

— Tu es complètement dingue, ou quoi ? hurla-t-il. Enfin, bon Dieu, pourquoi j'aurais fait une pareille connerie ?

— Vous vouliez que je marche avec vous, sinon vous ne pouviez pas réussir votre petit coup d'Etat. Vous aviez peur que je plaque tout quand j'aurais découvert que Will Kelly n'était pas mon vrai père. Et si j'avais appris plus tôt qu'il n'avait jamais cessé de faire partie de votre bande, je ne serais sûrement pas resté avec vous une seconde de plus. C'est pour cela que vous avez assassiné Bill. Vous espériez que je rendrais Ganolese responsable du second meurtre comme du premier et que vous pourriez m'offrir une espèce d'association. « Nous en voulons aux mêmes gars, mais pour des raisons différentes. » C'est ce que vous m'avez dit.

Il secoua la tête.

— Tu n'y es pas du tout, Ray. Je ne t'ai pas quitté entre le moment où Bill est monté dans sa chambre et celui où nous l'avons trouvé mort.

— Si ! vous avez disparu pendant dix minutes, soi-disant pour aller pisser. Et personne d'autre n'aurait pu s'emparer du flingue de Bill. Il l'aurait rangé sur sa commode et au premier inconnu qui serait entré, il l'aurait empoigné. Mais vous, vous pouviez entrer dans la chambre, lui parler, lui faire du baratin et tourniquer dans la pièce jusqu'à ce que vous soyez près de la commode. Et voilà...

Quand il se décida à bouger, ce ne fut pas beau ! Il se rua sur la Souris, en essayant de le jeter sur moi. Je l'esquivai, sautai sur le lit et retombai de l'autre côté, face à la porte. Il avait déjà la main sur la poignée quand je tirai. Je lui vidai tout mon chargeur dans le corps avant même qu'il ait touché le sol.

A plat ventre sur le plancher, la Souris tremblait comme une feuille, les bras stupidement ramenés sur la tête pour se protéger. J'effaçai mes empreintes de la crosse du Luger, le posai à terre et poussai la Souris d'un petit coup de pied dans les côtes.

— Debout ! ordonnai-je. J'ai encore des choses à te dire.

Il mit un moment à se relever.

— Tu vas attendre que je sois sorti d'ici. Tu me laisseras prendre cinq bonnes minutes d'avance. Après ça, tu iras retrouver les autres et tu leur raconteras ce qui s'est passé. Et tu leur expliqueras aussi pourquoi. Tu as bien compris ?

Il hocha affirmativement la tête. On lui voyait le blanc des yeux tout autour des pupilles.

— Il s'agissait d'une affaire d'honneur, lui dis-je ; pas d'une affaire de gangs. Une vendetta, tu piges ? Qu'ils ne se donnent pas la peine de venger Eddie Kapp. Je suis son fils et je leur dis que c'est inutile. Et que je ne me rappellerai aucun nom, aucun visage de tous ceux que j'ai pu voir ou entendre, ici, aujourd'hui, ou l'autre jour au lac Georges. Tu as bien compris ?

Il hocha de nouveau la tête.

— Cinq minutes ! lui rappelai-je.

Je sortis dans le couloir. A ma gauche, la réception battait toujours son plein. Ils faisaient un tel raffut, qu'ils n'avaient rien entendu. Je suivis le couloir. Le gros type au nez cassé était toujours en faction près de la porte, sur un petit fauteuil.

— Qu'est-ce qu'ils foutent là-dedans ? grogna-t-il. Ils s'amusent à tirer de la terrasse, maintenant ? Ils vont attirer les flics s'ils font pas gaffe !

— J'espère que ça va bientôt finir, lui dis-je. Moi, j'ai envie de ronfler.

— Tu t'installes ici ?

— Oui. Je descends chercher mes bagages.

— Ben, t'es gonflé ! Si tu crois que tu pourras

en écraser, ici ! dit-il en riant. Ça va encore durer au moins deux jours, la foire.

Je le quittai, pris l'ascenseur pour descendre et gagnai rapidement la rue.

CHAPITRE XXX

Dans Lexington Avenue, j'entrai dans le premier bar que je trouvai, mais c'était l'heure du déjeuner et la salle était pleine de gens distingués et impénétrables. Je n'y restai que le temps d'avaler un double whisky sec et d'aller ensuite me vider l'estomac au w.-c. Puis j'allai à pied jusqu'à la Sixième Avenue. J'avais l'estomac vide, mais de temps à autre, j'étais forcé de m'appuyer contre un réverbère, secoué par de terribles nausées. Dans la Sixième Avenue, je découvris un petit bistrot où l'alcool n'était pas cher. J'y restai à peu près une heure.

Mais je ne tenais pas en place. Je revins vers le centre, en faisant une halte dans tous les troquets que je rencontrais. Vers quatre heures du matin, je m'étais trouvé un pote, mais on nous vida d'un endroit où il y avait beaucoup de fumée. Mon pote me dit qu'il connaissait un coin épatant pour pioncer, derrière un cinéma où on était à l'abri du vent. On y est allé. Il y avait déjà un copain qui ronflait, à côté d'une bouteille de pinard à moitié vide. On lui a pris sa bouteille et on est allé roupiller ailleurs. Mais d'abord, j'ai tenu à raconter tous mes malheurs à mon pote. Je n'articulais pas très bien et il n'a jamais compris que j'essayais de lui dire que je venais de tuer mon propre père...

Le lendemain matin, je me suis réveillé le premier. J'étais gelé et j'avais affreusement mal au crâne. J'ai vidé la bouteille de vin et je me suis senti mieux.

A partir de ce moment-là, mes souvenirs se brouillent. Je me suis bagarré dans deux ou trois bouibouis et, un soir très tard, je suis allé dans un patelin du New Jersey où les bars ouvrent à cinq heures du matin. J'ai copieusement dégueulé un peu partout.

Finalement, je me suis réveillé dans une grande boîte en fer. Les parois de la boîte se trouvaient à une distance incroyable de moi. Le couvercle se rapprochait et s'éloignait tour à tour. Il y avait d'autres êtres humains dans la boîte et ils émettaient d'horribles petits bruits.

Je ne sais pas combien de temps je suis resté allongé sur le sol avant de comprendre que j'étais dans une pièce et non dans une boîte, ni le temps que je mis encore pour découvrir que je me trouvais dans une prison. Au violon plus exactement, avec les poivrots.

Le temps s'est d'abord traîné lentement, puis il a fait des bonds plus rapides et enfin s'est envolé sur de grandes ailes noires. J'ai essayé de compter jusqu'à soixante, pour voir ce que représentait une minute, mais j'avais à peine commencé que ma cervelle se cognait aux parois de mon crâne et que je me mettais à gueuler. J'ai bien cru que j'allais en claquer. Des gens se sont mis à rouspéter, à brailler et à me dire de la fermer. Je me suis retourné sur le ventre et, le front appuyé contre le ciment, j'ai attendu que ça passe.

A la fin, j'ai réussi à m'asseoir. Puis je me suis mis debout tant bien que mal, et je me suis regardé.

Je n'avais plus de souliers. Plus de portefeuille. Plus d'imperméable, plus de veston, plus de cravate. Ni montre, ni ceinture, ni chevalière... J'ai tâté mon œil de verre : envolé.

J'ai trouvé un petit bout de mur libre pour m'y adosser, assis par terre. J'ai dormi, je me suis réveillé, rendormi, et quand un flic est finalement venu ouvrir la grande porte de métal en criant mon nom, le pire était déjà passé. J'étais vidé, lessivé, dans tous les sens du mot.

Je le suivis dans une petite pièce étroite, meublée d'une table et de quatre chaises de bois. Johnson se leva à notre arrivée et le flic ressortit.

Nous nous regardâmes en silence.

— Alors, finit par dire Johnson, vous avez enfin le cerveau dégagé ?

— Oui.

— Je vous ai cherché partout. Je me disais que vous finiriez peut-être bien par échouer ici et j'avais demandé à un ami que j'ai dans la place de guetter votre arrivée.

— Quel jour sommes-nous ?

— Mardi.

— Mardi combien ?

— Le 25 octobre.

J'étais resté dans le cirage près de deux semaines.

— Il m'a fallu du temps, hein ? lui dis-je.

— Probable que vous aviez pas mal de choses à oublier.

— Probable.

— Vous vous sentez assez costaud pour marcher un peu ?

— Pour aller où ?

— D'abord chez moi. Histoire de vous rendre un peu plus présentable.

— On m'a volé mon œil, Johnson.

— On vous en retrouvera un autre.

Il prit soin de moi comme le père de l'enfant prodigue. Il habitait un minable petit appartement de la Quarante-sixième Rue Ouest. Je lui indiquai mon hôtel et le nom sous lequel j'y avais laissé ma valise et profitai de son absence pour prendre une douche. Quand je voulus me raser, ce que je vis dans la glace me causa un véritable choc : j'avais les traits tirés, des cheveux et une barbe hirsutes, et mon orbite vide avait une sinistre teinte rougeâtre.

Quand Johnson revint, il me trouva drapé dans sa robe de chambre. Il m'avait acheté un bandeau noir pour me coller sur l'œil en attendant que je puisse m'acheter un nouveau bouchon de carafe. Je m'habillai avec les vêtements que je trouvai dans ma valise et il alla me chercher une bouteille de gin dont il ne restait plus qu'un fond.

— Vous voulez un petit verre ? me proposa-t-il.

— Pas maintenant, fis-je en secouant la tête. Dans quinze jours, peut-être... A ce moment-là, je pourrai peut-être de nouveau boire un coup avec mes amis.

— Alors, pour l'instant, ça ne vous dit plus rien ?

— Rien du tout.

— Bon. A propos, j'ai quelque chose à vous remettre.

Il alla ranger la bouteille dans le tiroir de sa commode, sous ses chemises, et revint vers moi, une mince enveloppe à la main.

— Il y a huit jours, m'expliqua-t-il, deux truands sont passés à mon bureau. Ils m'ont remis cette enveloppe pour vous en me conseillant de me débrouiller pour vous retrouver le plus tôt possible.

Je pris l'enveloppe et l'ouvris. Elle contenait cinq billets de cent dollars avec un petit mot laconique : « Sans rancune. L. G. »

Johnson guettait l'expression de mon visage.

— Alors ? dit-il.

— Je ne pige pas, fis-je en lui montrant le petit mot.

— Vous ne connaissez personne qui ait pour initiales « L. G. » ?

Et tout à coup, je compris. Cela voulait dire : « lac Georges ».

— Si, dis-je. Maintenant j'y suis. C'est sans importance, du reste.

— Ils vous préviennent qu'ils vous foutront la paix ? C'est bien ça ?

— Le mieux, c'est de flanquer ce bout de papier aux waters.

— Vous voulez que je le brûle ? Comme dans les romans d'espionnage ?

— Je crois que ça vaudrait mieux.

Il brûla la note.

— Vous vous souvenez de votre conversation avec Winkler ? me dit-il en regardant la petite feuille se consumer dans le cendrier.

— Qui ça ?

— L'inspecteur Winkler. Le plus bel ornement de notre police new-yorkaise.

— Moi, j'ai eu une conversation avec lui ?

— Vous vouliez absolument vous avouer coupable d'une bonne moitié des meurtres récemment commis aux U.S.A. Notamment ceux de deux racketters nommés Ganolese et Kapp. Sans parler de celui d'un vieil avocat de Long Island et de celui de je ne sais plus qui encore.

— Moi ?

— Winkler m'a dit que tout ça ne tenait pas debout et que d'ailleurs vous aviez refusé de lui citer d'autres noms que ceux de vos prétendues victimes.

Je parcourus la pièce d'un regard circulaire.

— Mais alors, comment suis-je ici ? Pourquoi ne m'a-t-il pas bouclé ?

— Officiellement Ganolese et Kapp ne sont même pas considérés comme disparus. Il n'y a ni cadavres, ni armes du crime, ni témoins. Et officiellement l'avocat de Long Island est mort d'une crise cardiaque. Le certificat de décès l'affirme noir sur blanc. Winkler m'a chargé de vous prier de ne plus venir l'embêter avec vos histoires à dormir debout.

Il me rit au nez.

— En somme la police s'en fout ? insistai-je.

— Si elle se fout de malfrats comme Kapp et Ganolese ? Comme de ma première culotte !

Je me levai et fis le tour de la chambre en m'étirant. Maintenant j'étais de l'autre côté de la barrière. Je l'avais enfin sautée.

Johnson alla vider son cendrier.

— Encore autre chose, dit-il : de toute manière j'avais déjà commencé à vous chercher avant que les truands dont je vous parlais ne soient venus me trouver. Deux jours après votre dernier coup de téléphone, un type m'avait engagé tout exprès pour ça. Un nommé Arnold Beeworthy. Vous m'aviez parlé de lui, du reste. Il paraît qu'il attend un coup de téléphone de vous depuis près de six semaines.

— Je l'avais complètement oublié, celui-là !

— Pourquoi ne passeriez-vous pas chez lui demain, histoire de lui dire un petit bonjour ?

— C'est une idée.

Je passai la nuit sur le divan de Johnson. Le lendemain matin j'allai me faire ajuster un nouvel œil de verre que je payai sur les cinq cents dollars envoyés par les conjurés du lac Georges. Je donnai le reste à Johnson. D'abord, il refusa, mais je lui expliquai qu'en somme il se trouverait ainsi indemnisé par ceux-là même qui lui avaient cassé la gueule, et cet argument le convainquit.

Dans l'après-midi, je pris le métro pour me rendre à Queens. Dès qu'il me vit, Beeworthy me saisit au collet et me planta devant son magnétophone. Nous fîmes seulement une petite pause pour dîner, avant de reprendre l'enregistrement jusqu'à minuit, sans discontinuer. Je passai la nuit dans sa chambre d'amis. Le lendemain matin, il m'emmena à Manhattan, pour aller reprendre ma valise chez Johnson. En rentrant chez lui, nous trouvâmes Mme Beeworthy en train d'écouter les bandes magnétiques enregistrées la veille. Elle pleurait à chaudes larmes.

Son mari lui dit de se calmer, et qu'elle ferait mieux d'aller nous préparer du café.

DU MÊME AUTEUR

Aux Éditions Gallimard

Dans la collection Série Noire

BON APP' !, *n° 694.*

L'ASSASSIN DE PAPA, *n° 750*

UN LOUP CHASSE L'AUTRE, *n° 880* (repris en « Folio », *n° 1911*).

FESTIVAL DE CRÊPE, *n° 979* (repris en « Folio », *n° 1880*).

LE PIGEON D'ARGILE, *n° 986.*

LES CORDONS DU POÊLE, *n° 1068.*

PRIS DANS LA GLU, *n° 1130* (repris en « Folio », *n° 1888*).

LE PIGEON RÉCALCITRANT, *n° 1232.*

DRÔLE D'ALIBI, *n° 1303.*

KIDNAP-PARTY, *n° 1321.*

CRÉDIT EST MORT, *n° 1356.*

PIERRE QUI BRÛLE, *n° 1392* (repris en « Folio », *n° 2464*).

LE PAQUET, *n° 1551* (repris en « Folio », *n° 1944*).

PLACE AU GANG, *n° 1673.*

CHÂTEAU EN ESBROUFE, *n° 1846.*

ÇA N'ARRIVE QU'À MOI, *n° 1946.*

LE CIEL T'AIDERA, *n° 2120.*

Sous le pseudonyme de Tucker Coe

Dans la collection Série Noire

CHAUFFÉ À BLANC, *n° 1176.*

LE SANG DES INNOCENTS, *n° 1235.*

ALERTE AUX DINGUES, *n° 1377.*

TANTES À GOGO, *n° 1452.*

LE POSTEUR MENTEUR, *n° 1590.*

BASSES BESOGNES, *n° 1660.*

Sous le pseudonyme de Richard Stark

Dans la collection de Richard Stark

COMME UNE FLEUR, *n° 808.*

PEAU NEUVE, *n° 854.*

LA CLIQUE, *n° 870.*

POUR L'AMOUR DE L'OR, *n° 885.*

EN COUPE RÉGLÉE, *n° 958.*

RIEN DANS LE COFFRE, *n° 1025.*

SOUS PRESSION, *n° 1074.*

LE SEPTIÈME HOMME, *n° 1089.*

TRAVAIL AUX PIÈCES, *n° 1187.*

LE DIVAN INDISCRET, *n° 1207.*

BLANC BLEU NOIR, *n° 1260.*

UN PETIT COUP DE VINAIGRE, *n° 1309.*

L'OISEAU NOIR, *n° 1401.*

LE DÉFONCÉ, *n° 1449.*

LES CITRONS NE MENTENT JAMAIS, *n° 1457.*

PLANQUE À LUNA-PARK, *n° 1472.*

PORTRAITS GRATIS, *n° 1613.*

Dans la collection Super Noire

SIGNE PARKER, *n° 23.*

V'LA AUT'CHOSE!, *n° 34.*

N'EXAGÉRONS RIEN!, *n° 101.*

LA JOYEUSE MAGOUILLE, *n° 114.*

Impression Bussière Camedan Imprimeries
à Saint-Amand (Cher),
le 7 mars 2002.
Dépôt légal : mars 2002.
1er dépôt légal dans la collection : octobre 1998.
Numéro d'imprimeur : 021147/1.
ISBN 2-07-040663-6./Imprimé en France.

12839